谨以此书献给

为中华民族伟大复兴而默默奉献的上海航道人

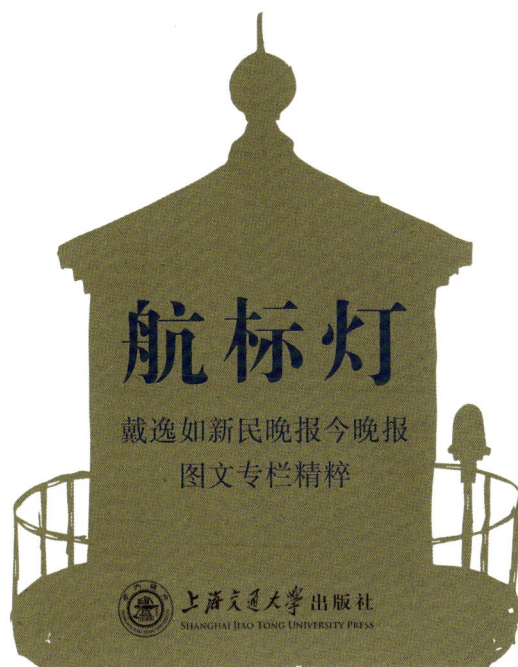

航标灯

戴逸如新民晚报今晚报
图文专栏精粹

上海交通大学出版社
SHANGHAI JIAO TONG UNIVERSITY PRESS

题诗作画胜闻歌
笔走龙蛇奈梦何
薄酒不曾常買醉
只缘煮茗夜谈多

逸飞先生雅属

己卯年初秋
病叟八八 王辛笛

序一

侯晓明

戴逸如先生把他即将出版的新著定名为《航标灯》。他把这本书作为献给110岁的中交上海航道局的一份礼物，在此，我谨代表上航局全体航道人，向他表示敬意和感谢。

逸如先生最美好的青春年华是在上海航道局度过的。金色的航道上洒有他的热汗和心血，而航道的风口磨砺了他的画笔，航道的浪尖淬炼了他的文风，成就了他能文善画的功力。他醒世的“文井图”像是一盏航标灯，数十年间每星期有规律地在上海和天津两地与读者见面。说起“老娘家”，他满怀深情。他说，是航标灯给他启迪，给他灵感，给他源源不断的能量。他，感恩航标灯，感恩航道。

岁月悠悠。早在1905年，清朝光绪皇帝在修浚黄浦河道的奏折上朱批“知道了”三字，随后，上海道台袁树勋奉命设立了“浚浦工程总局”，上海航道局的前身由此诞生。当时，上海作为全国最主要的江海中转枢纽港，开始了大规模的黄浦江航道整治，筑堤坝，建导堤，造深水码头，开辟新航道……为把上海建成国际贸易大港迈出了第一步。其间，外国列强为争夺利益恃强凌弱，进步力量为捍卫尊严顽强抗争，斗智斗勇，刀光剑影……一桩桩一幕幕触目惊心、令人兴叹的历史，恰恰是上海滩沧海桑田、砥砺前行的真实写照。

上海航道局的诞生与发展，与现代上海的诞生与发展同步。航道人与现代上海同屈辱共荣光，同呼吸共命运。翻开厚重的上海航道史，可以毫不夸张地说，上海航道局是现代上海的拓荒者，是上海从农耕文明走向海洋文明的开路先锋，是无数创造历史的无名英雄中的一支轻骑队。

我赞赏逸如先生在《航标灯》里的描述："它明白自己不是太阳，从不奢望光焰万丈。它以自己的能量发自己的光，有一分能量发一分光。没有鲜花和掌声，它任由风急浪高，潮涨汐落，默默地、年复一年地、忠实诚信地坚守，提醒航船规避险滩与暗礁，为航船指点波涛下的通途……。"

这是什么精神？这是崇高的无私奉献精神，这就是航标灯精神！航道事业的开拓前行需要这种精神，我们航道人需要这种航标灯精神。为了中华民族伟大复兴的巨轮一路高歌猛进，我们航道人劈波斩浪，在江河湖海上架桥铺路，不管前面的道路多么崎岖漫长，任何艰难险阻都不能阻挡航道人勇往直前的步伐。

110岁对一个自然人来说可谓年衰岁暮了，而对航道事业来说，这只是我们的一个新的起点。我们乐做无名英雄，我们将带着新的愿景和梦想，满怀豪情踏上新的征程。

逸如先生在《新民晚报》"夜光杯"刊登的《外滩三号码头 —— 落红》里引用了著名的《咏梅》词句，在此，我借这几句词作为本序的结尾：

"俏也不争春，只把春来报。待到山花烂漫时，她在丛中笑。"

（本文作者为中交疏浚集团上海航道局有限公司董事长、党委书记）

序二

毛时安

我喜欢戴逸如的“文井图”。

上世纪90年代中，我为他的《天.人.书》写过序。20年后为他的新书《航标灯》再度写序，这是缘分。在一个如此急剧变化的大时代，在波涛起伏的茫茫人海中，几十年的友谊和交往，非缘分莫属。也是荣幸。承蒙不弃，宁肯佛头着粪，也嘱我将浅陋的文字涂在他的书前。

戴逸如对于漫画有过相当精深的研究。早在上世纪90年代初，他就主编过一本堪称皇皇巨著的《世界漫画大师精品珍赏》。我相信，这一浩大的集漫画精品之大成的工程，对他的创作产生了不可估量的深远影响。它不仅极大地开拓了他的视野，将漫画世界的奇山异水尽收眼底，而且熏陶了他的艺术品位，确立了他的艺术趣味，奠定了他的绘画思想。取法乎上，入门须正。野路子、游击队，固然能打一枪换个地方，但行之不远。战争的最后决胜还是正规军、大兵团。他能几十年如一日，凭一支笔走遍天下，固然和他个人的喜好有关，但更在于他的修养。

对的，修养。

他的画有修养，就像他的人有教养。他穿着闲散，但散而不乱，总给人洁净齐整修饰得体的感觉。他声音浑厚，但朋友交谈从不大声喧哗，或娓娓道来，或侧耳倾听。一脸谦和的与世无争。在今天这样一个剑拔弩张的时代，连一些有头有脸的知识分子都不惮脸面大爆粗口的时代，他守身如玉，恪守为人处世的平和哲学，恪守知识分子的斯文，不紧不慢地从容处世，不求闻达，只求心安理得，让作品对得起喜爱他的读者，实在是很难得的。就这样，他写、画了几十年！他创作，我看，我们一起，慢慢走进一片晚霞。

他的画，不是滑稽，不是莫里哀喜剧，是醒世恒言的轻喜剧。初看不笑，稍稍品味，会心一笑，还有余韵令你思考。很不同于时下流行的低笑点的玩艺儿。他又写又画，图文并茂。他把自己的常规产品谓之“文井图”。他的文字，洗练有思想，有时还有点小故事小戏剧，大都是他在书海漫游时从大部头书里打捞出来，是在茫茫人海中打捞上来的。他对我们习以为常见怪不怪的不良世态作温良、善意的批评和提醒。他的画带着一眼就能认出来的鲜明的戴氏风格。有传统中国画自然流畅的线条，水墨情韵，有西洋绘画轻松愉快、愉悦视觉的色彩。那个戴着红色贝雷帽的牛博士，是永不谢幕的主角。他上天入地，变化万千。他东张西望，想入非非。一只圆圆的趴在脸中央的牛鼻子，一对圆圆的铜铃似的牛眼睛，很讨喜很招爱的样子。他身上，有着中式文人的风雅，又不失西式绅士风度。在常人看起来很矛盾的东西，在他身上统一和协调。我们的许多前辈都是这样的。如闻一多、冯友兰、朱光潜……现在这样人和风格，是很珍稀的了。

《航标灯》是戴逸如新作的结集。1971年，年方二十出头的他曾作为水手，出没在黄浦江的风浪里。夜晚，船行江上，听阵阵涛声，一片迷惘的深沉夜色。唯有航标灯在前方闪烁，微弱、飘忽而坚定。还有在心中回响的"年轻的航标兵用生命的火花，点燃了永不熄灭的灯光……"的洋溢着青春活力的优美旋律。这部新书写的画的自然都是我们时代的所见所思，但它也是对往昔岁月的缅怀和致敬。戴逸如喜欢的这旋律出自文革前夕的纪录片《航标兵之歌》的主题歌，由海政文工团吕文科演唱。吕文科音域宽广，天衣无缝的真假声，有着迷人的抒情性。他还演唱过一首脍炙人口的《走上这高高的兴安岭》。我自己就曾冒着风险，用印大字报和传单的白纸刻印过这些被禁的歌曲，使这些歌像微风吹拂过我们年轻的心。这么多年过去了，世道大变，戴逸如的艺术，技进于道，从黑白到彩绘，非昔日可比，但不变的是他的情怀，是他不动声色却历久弥新的价值观。情怀不老。他，仍然像当年的水手，在航道上遥望着航标灯，用他的绘画和文字去点燃人生的航标灯。

起风了，下雨了，天黑了，雾霾了，有了航标灯，就有了坚定，有了穿云破雾的力量和方向。

（本文作者为中国文艺评论家协会副主席）

目录

航标灯

落红 —— 外滩三号码头

（▲马妞●牛博士）

戴逸如文并图

▲奇怪耶，上海滩弹眼落睛的地方不要太多哦，老洋房、新大楼，场、馆、桥、塔，某某藏娇的别墅不是也很有故事吗？你不提，却去念叨一个已经不存在的破码头！

●是，1991年外滩改造被拆除后，它的地点已不易指认了：若说东风饭店对面 —— 东风饭店？何在？气象信号塔脚下 —— 而信号塔本身也已位移了数百米。

110年前，光绪年间，上海航道局前身、官办的浚浦局设立，作为浚浦局码头，它是上海从农耕经济走向海洋经济的拓荒者，是开辟、建设、维护水运的先驱者，是埋头苦干的无名英雄。

现存最早的、1928年外滩全景照片上，可以清晰地看到它朴实的身影。20世纪30年代中叶，黄浦江水运进入鼎盛时期，三号码头陷于密密麻麻的码头大阵中，难以辨认。正应了那首词："俏也不争春，只把春来报，待到山花烂漫时，她在丛中笑。"

如今，外滩三号码头把舞台留给了漂亮的外滩水滨区。我走过黄浦江边，总会想到两句诗："落红不是无情物，化作春泥更护花。"外滩三号码头是不存在了，但它用花瓣滋养的蒲公英已撒向东海、南海……遍及四大洋。

航标灯

戴逸如新民晚报今晚报图文专栏精粹

航标灯

（▲马妞●牛博士）

戴逸如文并图

▲外滩，黄浦江的华彩乐章。

夜幕低垂了，华灯放光了，夜之外滩的妆容金碧辉煌，如梦如幻。

我站立船头，在万国建筑博览会光的倒影里拨波，在瑰琦斑斓的抽象画长卷中滑行……夜之浦江让我明白，靓丽陆离的光色，是靠深暗凝重衬托才得以呈现的。

驶过华彩，进入茫茫夜色。昏暗中，我想到了罗蕾莱，又惧怕，又期待，然而什么都没有发生。我只发现远处有不起眼的微光在一闪一闪。这就是你说的航标灯了吧？以前我从来没有注意过呢。

●正是。它体量小、光微弱、身段低，很容易被人们忽略。它明白自己不是太阳，从不奢望光焰万丈。它不屑于月亮行径，借了别人的光，去欺世盗名，博取赞美。它以自己的能量发自己的光，有一分能量发一分光。没有鲜花和掌声，它任由风急浪高，潮涨汐落，默默地、年复一年地、忠实诚信地坚守，提醒航船规避险滩与暗礁，为航船指点波涛下的通途……

▲真好！假如有人问我：“你愿意做航标灯吗？”

立马答：“我愿意！”

航标灯

何为中国元素

(牛博士对马妞说)

戴逸如文并图

今年纽约大都会博物馆慈善舞会的主题是“中国风”。可是，除了莎拉·杰西卡·帕克的洋福娃之外，詹尼弗· 洛佩兹单肩镂空装、碧昂丝透视纱裙、金·卡戴珊透视礼服、安娜·温图尔红点裙……拿高倍放大镜寻觅中国元素的我，失落了。中国风？可怜的老外！

幸亏中国一线女星扎堆登场，一张张中国脸终于捎来一股微微的中国风。然而，掂量她们的华服，有几分中国元素的成色？

谢谢你，为了增强我的民族自信心，找来好多写中国元素的书。我虔敬拜读。不幸，专家认定的中国元素有些让我很无语，如“五香豆”。还有些则似是而非，如“瓷器”。瓷器烧造属于中国独门秘术是哪年哪月的旧事了呀？如今一件瓷器在手，人们会脱口而出是某国瓷。迈森、韦健伍德、有田烧……已为人们熟识。瓷，不再为一国专有，而是地球人共享的材料。

看来怨不得老外和艺人，连专家也对何为中国元素心中无数呢。而几个闹哄哄的大妈和土豪气，倒似乎真成了确凿的中国元素、中国风。唉，叫我们中国人的脸面往哪儿搁？

如此香，如此红

(牛博士对马妞说)

戴逸如文并图

话说元末，刘伯温不得意，辞官归隐。途经桐庐，眼见得“彩凤对峙舞翩跹,双龙戏珠汇一川”，心里欢喜，遂逗留下来，问民生，究物象，交友课徒，吟诗著述。真是“澄心以逍遥，坻流任行止”。

一日，刘伯温梦中闻得有香气袭来。梦醒香犹在，其香似茶，却又陌生。大奇。循香寻去，当真有人在制茶。制茶人告知，一堆被疏漏的鲜茶叶萎蔫焦边，弃之可惜，爰烘制，自己喝。刘伯温索饮。但见汤色红亮，饮之香奇味甘，喝所未喝。叹道：“如此香，如此红！”主人误听成了“芦茨香，芦茨红”——此地正是芦茨乡啊。于是这款废物利用、歪打正着的茶，也便叫了芦茨红。

你喜欢喝茶，是红茶精。你当然知道，红茶起源说法多种，以江西河红为最早，问世于明代1426—1521年间。而近期浙江茶人考证出的芦茨红，诞生于元代1341—1344年间。这样，红茶的历史便提前了一百多年。

你想听中国故事，还必须是真实的、有意思的、常人不熟悉的。我这个芦茨红故事，合不合格?

画猴

(牛博士对马妞说)

戴逸如文并图

你问:“现在画的猴是不是越来越洋气了?”问得奇怪。我要反问:对照明清刻本里的孙猴子,你是否要责备《大闹天宫》里的孙猴子太洋气?对照迪斯尼早期画的米老鼠,你是否要感叹如今的米老鼠太洋气?没错,时代变迁,审美也随之变迁。各种文化互相影响,互相渗透,用洋、土一言以蔽之,是很搞笑的。

春晚吉祥猴的洋相,出在平面水墨转化为三维立体。水墨与三维分属于两个不同语系。这种转化,正如文学翻译,唯有兼精两种语言的高手,才拿得出好译品。这暴露出复合型人才的欠缺。

再说画猴,先要了解猴的文化寓意吧。我国与欧美对猴的寓意都有机灵、精明、淘气、捣蛋、模仿等,其实很相似。这是共性。好作品除了需要共性还需个性,更需灵魂。造型艺术从来不是一个单纯技术活。遗憾,太多的朋友却只把它当技术活看待。所以,蜡像师一捞一大把,米开朗基罗难得。

想起欧阳修的诗:“江水流清嶂,猿声在碧霄。”祝你和朋友们猴年大进步,一筋斗翻出十万八千里。

航标灯

不争之争

（▲马妞●牛博士）

戴逸如文并图

▲我怀疑，怀疑今井政明的话，就像怀疑猴子是从石头里蹦出来的一样。

●你以为，他是投掷哲学理念烟雾弹，以掩盖他的商人逐利本质；你以为，他是祭出地球环保、人类生存这些大命题来吓唬烂山芋，以兜售他的杂货……你是从门缝里看人啊，产生扁化印象，并不足怪。

推开虚掩的门，且看一个学习着的人。虽然他未必学得很深很透，但他在努力学以致用。当人们把追求品牌错当目的时，他提出了"没有品牌的好东西"——是呀，谁想要的不是好货而是品牌呢？人们一边嚷嚷着个性化，一边却在流行之河里随波逐流。他反品牌、反流行、反消费、反技术、反全球化，"无印良品希望成为一家不会争的企业"。原来如此啊！原来根子是老子的"不争"二字！你背起"唯其不争，故天下莫能与之争"来很顺溜，但有口无心啊。看看吧，来了一朵"不争"之花。

品牌的山花烂漫了，大品牌小品牌争啊斗啊，闹得一地败瓣残叶。悠然而笑的，却是不争者。

煎饼果子

(▲马妞●牛博士)

戴逸如文并图

▲正题还没完呢，怎么想到煎饼果子了？馋啦？老小孩，注意力都集中不了！

●跑题了吗？刚才聊什么来着？对呀，不是讲经典嘛，经典不就是煎饼果子吗？

▲煎饼果子成经典了？你就扯吧，越扯越不给你吃！

●如今的“经典”是越来越不值钱喽，就像“大师”。你数数，刚才你随口封了多少个“经典”？某某电影，你叹为“经典”；某某歌曲，你赞曰“经典”；某某小说，你派它个“经典”……好像人人都成了“经典”制造商。可是，不要说你随口派派的经典，连多少被媒体正儿八经刊登为“经典”的“经典”，不都昙花一现，转瞬即逝了吗？就说饼吧，“土得掉渣饼”、“台湾手抓饼”、“韩国烧饼”，都曾吃货排队如长龙，红极一时呀。那是用“促销”手段，用广告费，砸出来的肥皂泡“经典”！而煎饼果子呢，少算算，你爸的爸吃过，你爸吃过，你不仅吃过还在吃，你的外甥侄子吵着要吃。瞧瞧，煎饼果子并不曾大红大紫过，却经吃，耐吃，吃了一代又一代人，看来还将吃下去。你不封它经典它照样还是经典。

航标灯

小街，今年十八

(▲马妞●牛博士)

戴逸如文并图

▲有你这么愚蠢的人吗？看人家，不得已一穿而过，直奔前面的名人故居去了。这条小街脏乱差，你却还流连忘返，把它当瓜达卢佩小镇了吗？

●你凝神定睛看去，设想：乱堆乱扔的杂物垃圾忽然噌噌噌地消失了，破败的建筑设施忽然复现原貌，行道树和几棚紫藤枯木逢春……揭除了脏乱差的盖头，再看这小街，原先实在是颇有几分姿色呢。估计这条街的装修，必不超过二十年，那时的规划设计，必花费了一番心思。只是时光稍移，面目全非，招贴涂鸦淹没了仿徽派建筑的门面，统一的牌匾店招，躲闪于垂挂的衣裳与腌腊鱼肉之中，杂物拥堵，荒草萋萋，大型假山盆景苍凉凄迷……

▲赶紧走呗，犹豫什么？弄得像凭吊王谢堂、吴王宫似的，矫情！

●矫情？伤心！你老是小和尚念经似地诉说"硬件容易软件难"。看着好端端一条街被愚昧糟蹋成这样，倒把你空洞的牢骚变得充实、形象、生动了。提高国民素质，真不能仅是空口说说。

契诃夫说、依我看来写完小说应当把开头与结尾删掉
戴逸如

岂止小说家

戴逸如文并图

契诃夫说："依我看来，写完小说，应当把开头和结尾删掉。在这类地方，我们小说家最容易说假话。"

牛博士说："呵呵，先生谦虚了。习惯于'戴帽穿靴'的，岂止是小说家呢。"

申江人生小语 拒绝人生答卷的红大叉 戴逸如

红大叉

（▲马妞●牛博士）

戴逸如文并图

▲有你这么说话的吗？难怪姨妈大光其火。她讲得也在理，难道你的话都对，她的话都错，可能吗？

●数学有公式。公式背错了，做题目一错百错。公式背对了，出错的可能性就很小。人生也是有公式的。应对复杂的人生问题，就有很多公式需要背熟。

关于金钱的公式，你姨妈就背错了。所以，由此引出的一系列看法和处理方法，都随之而错。拜金主义盛行的如今，背错了人生公式的人很多呐。极端如周克华，把人生捆绑在金钱上，堕落为“爆头男”。贪官的例子就更多了，准星瞄定了铜钱孔，终于沦为阶下囚……背错人生公式，人生答卷吃上一个红大叉，理所当然，不会有侥幸的。

美丽的人生目标千万个。美丽目标的背后都是两个字：心安。而金钱作为人生目标，其背后也只有两个字：煎熬。有些人奔钱奔到悬崖边，方才看清深渊里煎熬的恐怖，惊出一身冷汗，慌忙修正目标，改为捐献。

网上流传两句话，真是绝妙：

贪钱的人不值钱，值钱的人不贪钱。

想起瓜田李下

（牛博士对马妞说）

戴逸如文并图

你是盲目“义愤”呢。我幸灾乐祸？言重了。

哪期参加雅思考试的中国考生被判了违规，有几名被永久扣发成绩单，以及其他细节，你都可以略过。但专家的话里，却有着不容忽视、必须深思之处。

西方教育理念中，“雷同”、“抄袭”是绝对禁区，有量化标准，非规避不可。他们的作业还要用“抄袭度”机器测试呢。这种小心翼翼的规避，不仅远离了“抄袭”，附带修身功能，还是提升创造力的有效辅助手段。

只把考场作弊认定为违规的你，当然以为这是“太高标准，过严要求”了。我们历来把知耻底线定得或低或偏，加上“抄袭名人”到处招摇，风光无限。榜样的力量无穷呵，蠹毒了多少幼小心灵！

与西方“规避抄袭”心态相对应，我们曾有“瓜田李下”修身基础课。在瓜田里鞋带松了，都得忍一忍，以免有不良举止之嫌。习俗是从“瓜田李下”的谨慎，滑落到“摘个瓜吃怕啥”的大胆了。想让瓜田李下重新成为公民的自我约束，虽难如逆水行舟，努力再努力吧。

佳

嘉木之语词篇

（▲马妞●牛博士）

戴逸如文并图

▲给你打字还挑剔！我偏不打“嘉木”，就打“佳木”，佳木，佳木！有错吗？难道还会玷污了你的文章不成？我在微信里搞成“加木”、“假木”，也没人会大惊小怪。大李是语言文字教授，是专家，是博导，他都认可佳木，也写成佳木，就你花头多。哼！

●你的理由很过硬嘛，我再给你加个砝码：如今的辞书上也“佳”、“嘉”难分了呢。释义、组词都会“窜味”，夹七夹八，纠缠不清。我们的老祖宗为什么要分别造出这两个字来？是因为“佳”、“嘉”是各司其职的，即使在重叠部分，也有微妙差别。“佳”，往往是用于人的，如佳人、佳丽、佳士等等。而“嘉”，往往是用于物的，如嘉禾、嘉木、嘉玉等等。

▲笑话！难道“嘉宾”不是指人是指物吗？

●驳斥得好，这正是重叠部分的适例。假如你用了“佳宾”，错吗？也不错，但是否感到别扭？语词要发展，理当在缩小重叠部分下功夫，拉开两者的距离，使字、词个性更加鲜明，各逞其味，各显风采，才不至于辜负老祖宗的苦心哦。

航标灯

嘉木之劝种篇

(▲马妞●牛博士)

戴逸如文并图

▲愚蠢!我承认你的创意很好,但黄鱼脑袋听了有用吗?说好听点,你这叫对牛弹琴。

●那难听点,该是……

▲那可是你自己说的啊。总之,你是浪费唾沫白费劲。

●你忘了顽石点头的故事啦,你忘了"精诚所至,金石为开"的道理啦。明知白说也要说,如今太需要这种肯白说的傻子了。

▲哼!关心关心你自己的写字台吧,瞎操心。

●好,就讲讲我的写字台吧。前几天我去了红木家具之乡,好家伙,遍地的家具店啊,什么海黄、越黄、小叶紫檀,什么明式、清式、夹七夹八式,啥都有。

▲你是满意而归还是挑花了眼?

●唉,我叹气了,说:"你们真是糟蹋好料啊!你们以为用好料、费工夫,就是好家具吗?"

▲当然啦,用好料的就是好家具!好木料如今是珍罕、濒危了。

●我说,你们有太多的荒山,不能种吗?他们都发笑,说,没有个七八十年、一二百年,好树能成材?哪个疯子去种?我叹道,假如你们老祖宗不做疯子,你们的好木料哪里来?

何罗摩说诗画有奇趣
却不是诳语正须三复
三到玉处能以下转为奇趣

航标灯
戴逸如新民晚报今晚报图文专栏精粹

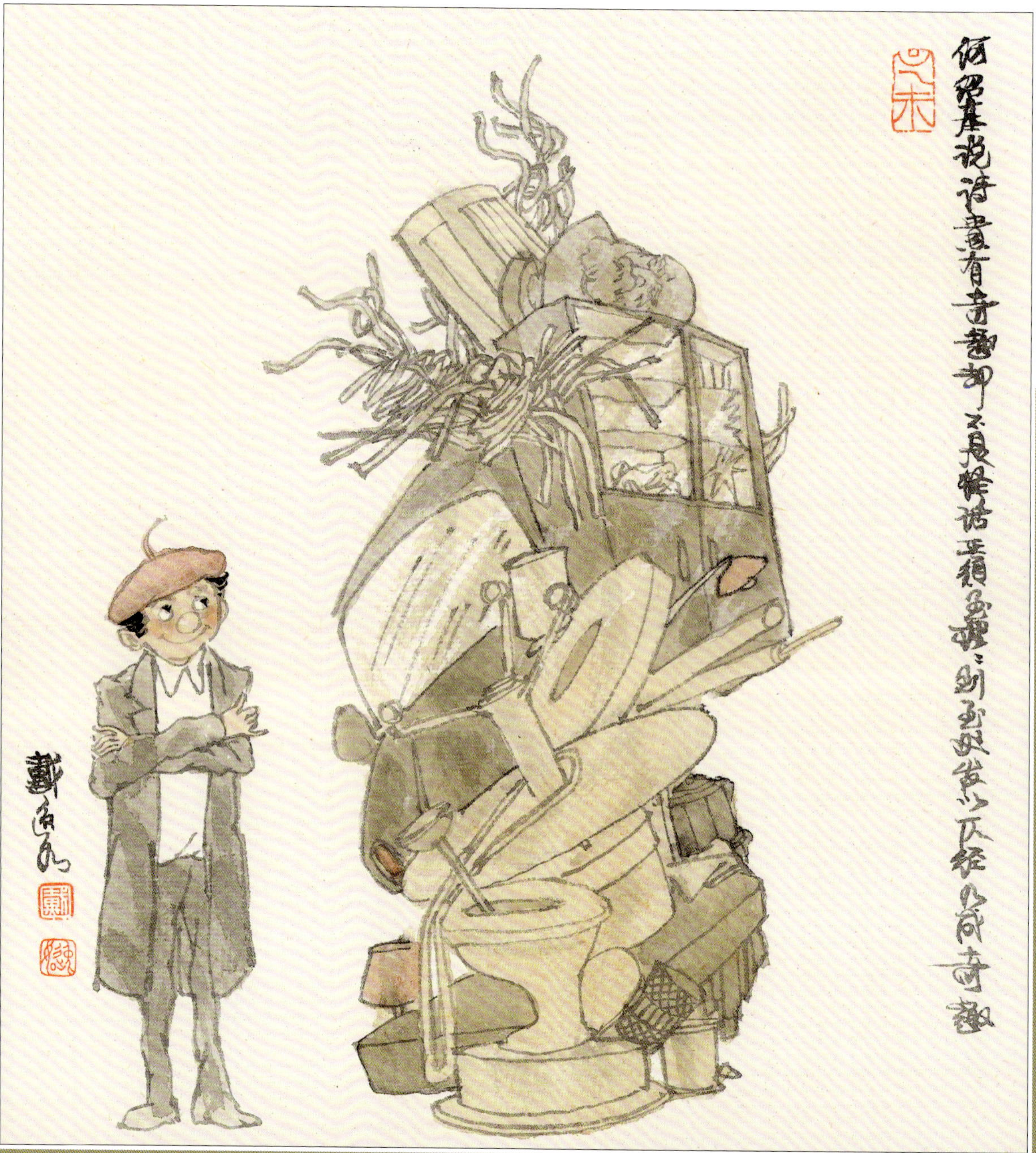

怪诞流行

戴逸如文并图

何绍基说："诗贵有奇趣，却不是怪话，必须得至理。理到至处，发以仄径，乃成奇趣。"

牛博士说："艺术贵有奇趣，却不是怪诞。正因为不懂至理，又不肯静心学习追求，名利心切，怪诞作品乃大行其道。"

鸡汤与地沟油岂可同日而语把心灵鸡汤当地沟油一样对待是可悲透顶的事
戴逸如

鸡汤不是地沟油

(牛博士对马妞说)

戴逸如文并图

一只先天残疾的小狗，连母狗都不肯喂它奶，还想弄死它，最终却两脚站立行走，创造一段传奇。是的，小狗菲斯，极有意思的真实故事。网上查得到，我就不多讲了。

我想讲的是：女主人公茱迪怎样在落到人生低谷时偶遇小狗，为何给小狗取名为菲斯——意思是信念；菲斯怎样获得美国陆军授予的“荣誉中士”称号，又怎样获得“狗坚强”的外号；在小狗菲斯成长中饶有趣味的具有决定性意义的小道具滑板、袜子、花生酱等等，这是非常典型的心灵鸡汤故事呵。

别急，我要讲的核心来了：

“心灵鸡汤”的说法传入中国的年头其实并不算长，刚传入时一下子红得发紫，什么都要“鸡汤”一下。可是，鸡汤的滋补效果还没有显现，汤味却喝腻了。鸡汤变得像地沟油，受尽冷嘲热讽甚至抨击。美国佬喝鸡汤却喝不厌，你搜搜小菲斯的故事，看看有多少人、有多少类型人的心灵得到“菲斯”鸡汤的滋补，康复了，健壮了。

只求口腹，不问营养，这也是一种劣根性吧。

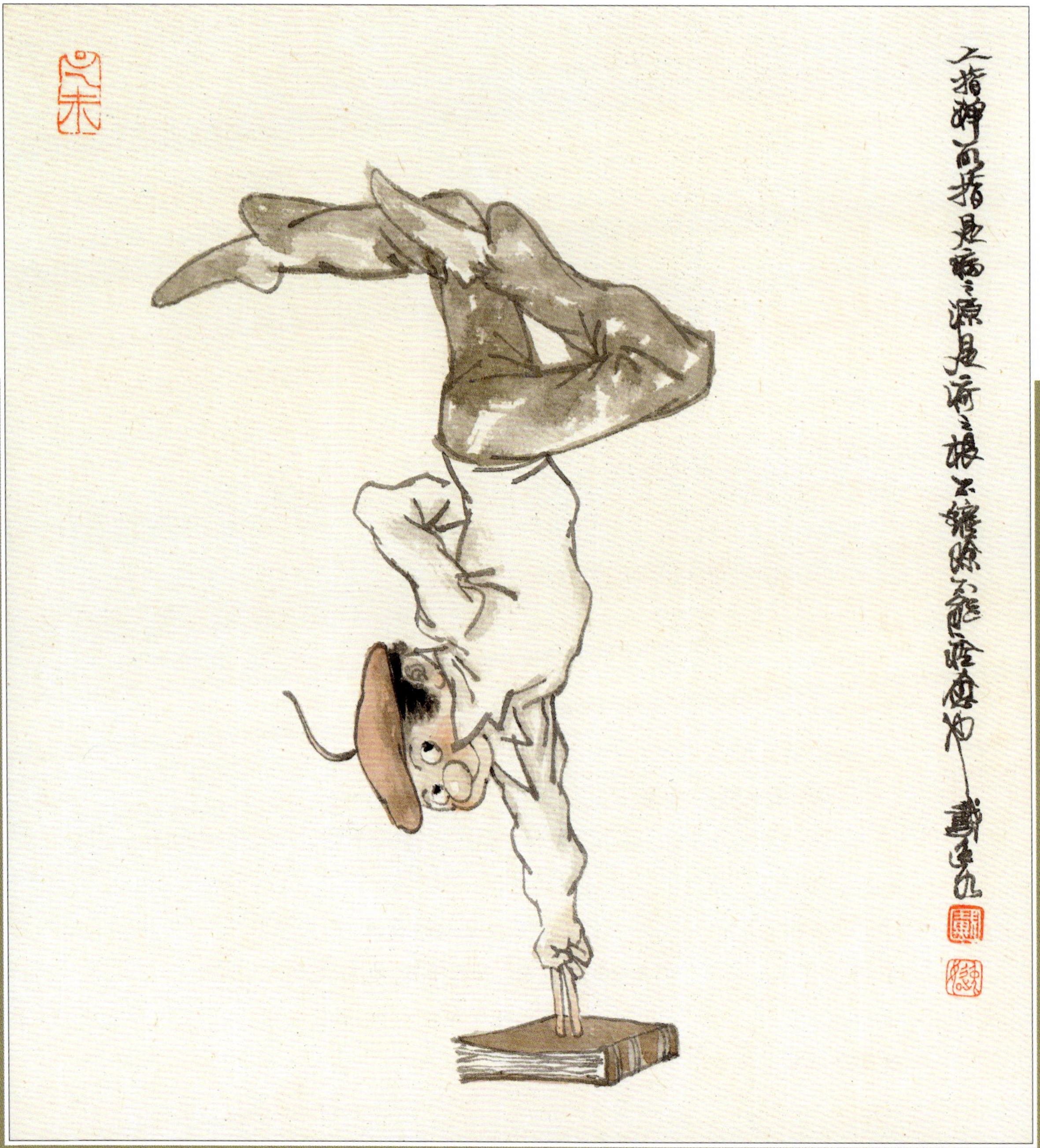

二指禅

（▲马妞●牛博士）

戴逸如文并图

▲蒙谁呢？你会二指禅？我还会断魂枪呐！

●某出版企业，有过十分显赫的历史，在传播优秀文化、提高国民素质上创造过辉煌业绩。而今，却非但跌出了一流，连中上都轮不上了。有人调研得知后，连连叹道："可惜了"、"不应该"。人们跟着议论纷纷，指出了种种不如人意之处。这些"不如意"说得都对，但，都是标而不是本啊。

▲那依你的谬见呢？

●嗨，看我的二指禅！

▲切，什么二指禅，转移话题。你呀，不懂就不懂，别狗掀门帘——独出一张嘴。人家好歹捉出了一些症状，你眼火不灵嘛，还口气大！

●书籍，是特殊商品；微利，是出版企业的属性；而文化担当，则是出版从业人员的天职了。明白了这个道理，那么，奉献精神、任人唯贤，也就是题中应有之义了。而现状呢，恰恰背道而驰。所以，我的"二指禅"，直指两个病源：一、财迷心窍；二、武大郎开店。倘不能铲除这两个病根，只耍耍花枪，别指望痊愈。

航标灯

标尺可贵

戴逸如文并图

莱特说："建筑应该是自然的，要成为自然的一部分。"

牛博士说："我们的建筑师哪里懂得，你提供的这把看似普通至极的标尺有多么可贵，所以，才会有那么多丑陋的或自以为是的霸道建筑雨后春笋般冒将出来，犟头倔脑地矗在那里。"

不停留于审美而提升境界 以大爱之心作胎教 亦为之赞为之叹 戴逸如

怀孕习俗

（●牛博士▲马妞）

戴逸如文并图

●朗妮怀孕了，你知道？

▲她的包包里揣的，ipad里存的，墙上挂的，写字台上放的……现在都是漂亮娃娃的图片啦，铺天盖地呵。朗妮的怀孕，地球人都知道。

●是呀，触目皆是赤子笑脸，想想也舒心。例如Anne Geddes拍的天趣盎然的各式娃娃照片，谁见了不粲然一笑？多看看漂亮娃娃，希企生个漂亮娃娃，是我们的民间习俗。在日本，孕妇却会做件大异其趣的事。

▲大异其趣？该不会狂看丑八怪照片吧？

●只怕比狂看丑照更让你难以接受哩。日本妇人一旦受孕，要日日清扫厕所。

▲我的上帝！拿臭气来熏肚子里的宝宝？疯了？

●安详清静地扫除污秽，奉献一个洁净温馨的环境。不停留于审美，而提升境界，这是一份什么心？大爱之心。可想而知，拿大爱之心作胎教，由内而外，带给孩子的就一定不止是悦目的外貌了。

契诃夫说请您尽量多写精写写到手指头断了为止
戴逸如

写断手指

戴逸如文并图

契诃夫说：“请您尽量多写，请你写，写，写……写到手指头断了为止。”

牛博士说：“有人写文章写到手指头断掉的吗？没有，当然没有。但，‘手指头断了为止’这样的形象化说法，的确让人过目难忘。用功再用功，努力再努力，乃是成功的法宝。娇生惯养的小朋友尤其要听听。”

航标灯

糖桂花

（▲马妞●牛博士）

戴逸如文并图

▲好吃？好吃！当然好吃。

●除了好吃，你有没有想到别的一些什么？譬如糖桂花是如何制成的？

▲想这个干吗？虽然我没亲手制作过，可我见过外婆做呀：精选盛开的桂花，淋以上好的蜂蜜，密封于青瓷罐。过个十天半月，小功告成。就这么简单。

●是呀，到时候打开罐子，舀一勺桂花，那桂花蜜一样甜；舀一勺蜂蜜，那蜜有桂花香。花中有蜜味，蜜中有花香，花蜜合一了。再说你偏爱的茉莉花茶，就不是茶花混合再拌一拌那么简单了。好的茉莉花茶，需由一层茶坯一层花朵间隔不接触，让茶在香氛里窨制七遍，是，七遍！所谓“窨得茉莉无上味，列为人间第一香”，当真不是瞎讲讲的。

▲真有耐心！好辛苦哦。

●你常常抱怨环境的浮躁和粗糙。光抱怨无济于事。如果你没有制作茉莉花茶那样的香氛大环境，可不可以创造一个蜜罐小环境，让自己先窨成一粒沉静、精致的糖桂花呢？等糖桂花聚少成多，不就形成香氛大环境了吗？

刘熙载曰谈语要有味壮语要有韵秀语要有骨

要有……

戴逸如文并图

刘熙载说：“淡语要有味，壮语要有韵，秀语要有骨。”

牛博士说：“老舍说过，要把大白话炖出味儿来。用语不妨淡，但要炖要煲，火候足时它自美，否则就真是清汤寡水了。同理，没余韵的、口号般的豪言壮语必须舍弃，没有骨子的漂亮词汇堆砌，要像毒品般戒掉。”

盈利模式

(牛博士对马妞说)

戴逸如文并图

没去呀。看了媒体“不朽的凡·高”预热报道，我就明白，不必亲临现场了。

这个展览好比“星巴克”。我的意思是说：如果你走乏了想歇歇脚，拐进“星巴克”喝一杯，那是可以的。而当你坐到高脚凳上，端起热乎或冰爽的饮料啜一口，还默诵几句网上看来的咖啡诗，也无妨。但若想着你是在做咖啡鉴赏，那你实在是想多了。尽管这杯子里确实含有咖啡成分，但离鉴赏，实在远着呢。

如果我身临展厅，被放大、旋转的星空包围，被巨无霸似的眼睛逼视，看到巨型烟斗滑稽地冒出烟来，风车居然转动，火车竟然行驶……我会傻掉，我会嗫嚅：我的上帝！这算是欣赏凡·高油画吗？这是凡·高粉丝做的舞台布景吧？若要声光电感官刺激，去看好莱坞大片才对头嘛！

彻底否定？你错了，不，我佩服这些聪明人找到了一种低投入高产出的新型盈利模式。你等着瞧吧，尝到甜头的商家很快会跟进，“不朽的达·芬奇”、“不朽的克利姆特”等等等等会接踵而来的。哈啰，逐利先生，“不朽的金瓶梅”会更获暴利哦。

只有当日本民众满那不易入正策精斋融之即病 戴氏如

航标灯

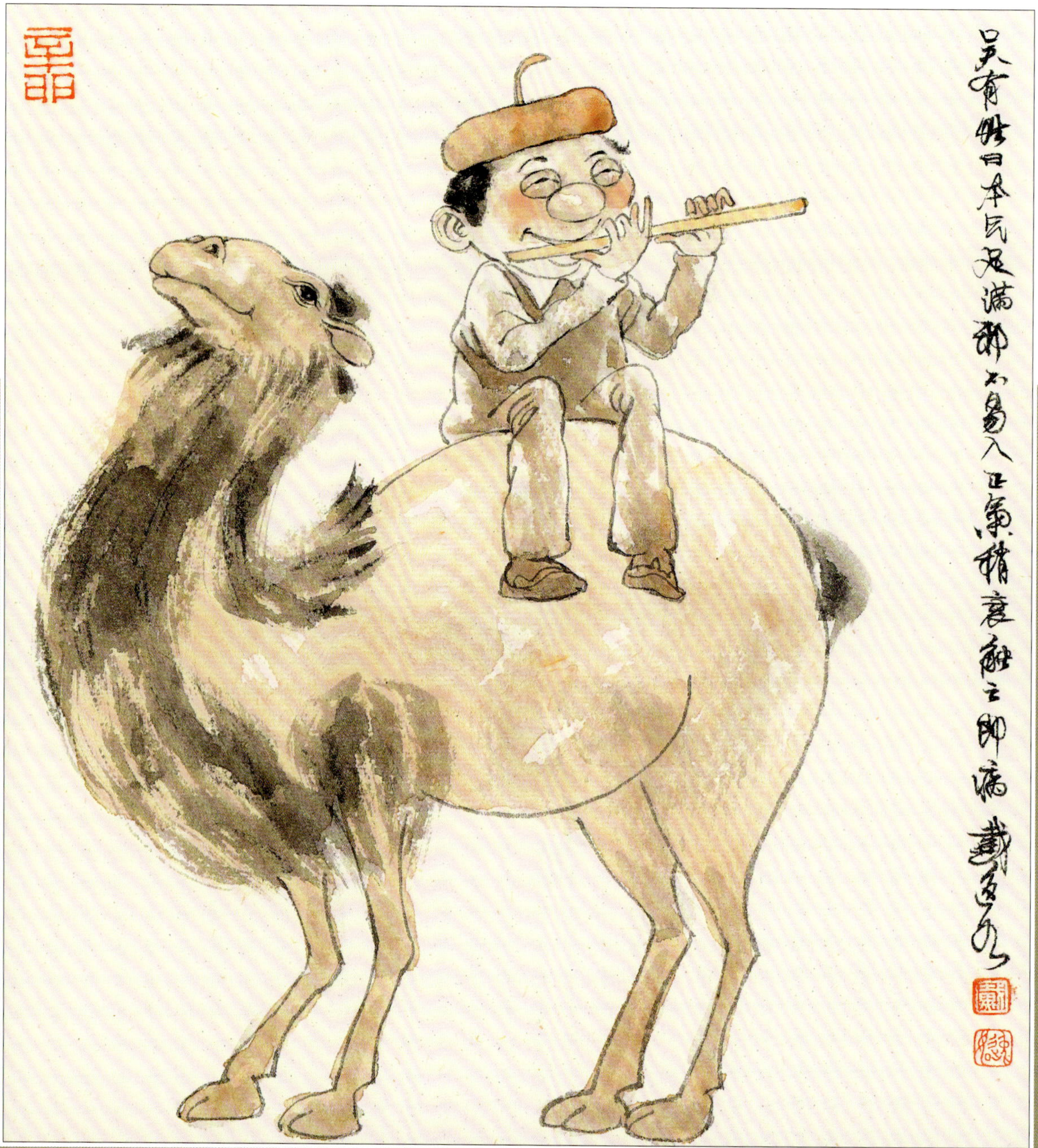

正气

戴逸如文并图

吴有性说："本气足满，邪不易入；正气稍衰，触之即病。"

牛博士说："一个人体格强健，正气满满，病邪是难以入侵的。如果正气虚弱，则不免时常头疼脑热、感冒发烧，奇奇怪怪的疾病都会不请自来。肉体和精神，都是这样的啊。"

感冒与健美

(▲马妞●牛博士)

戴逸如文并图

▲你说“坏习惯像感冒，环境里若有传染源存在，不知不觉中，就可能传染一大片，个人习惯成了公众习惯。好习惯很像健美，若不能努力锻炼，根本不可能达标。要让好习惯变成公众好习惯，难，非常难”。这话有点意思。能不能形象一点?

●行。坏习惯像感冒，环境里若有传染源存在，不知不觉中，就可能传染一大片，个人习惯成了公众习惯。好习惯很像健美，若不能努力锻炼，根本不可能达标。要让好习惯变成公众好习惯，难，非常难。

▲完了?

●完了。你不觉得挺形象吗?

▲那你……你就作个譬喻吧。

●行。坏习惯像感冒，环境里若有传染源存在，不知不觉中，就可能传染一大片，个人习惯成了公众习惯。好习惯很像健美，若不能努力锻炼，根本不可能达标。要让好习惯变成公众好习惯，难，非常难。

▲你没事吧?你变鹦鹉了?只会讲这几句话了?

●有些事关民族性的道理，是需要年年讲、月月讲、天天讲的，需要不厌其烦地反复讲的，直讲到深入骨髓。

航标灯

C小调柔板

(马妞对牛博士说)

戴逸如文并图

温柔如水，却又蕴含激情；飘逸潇洒，却又韧性十足；平易随和，却又直抵人心……这些好处，你都能在听《C小调柔板》听得赏心悦耳的同时领略到，有没有？那再听一遍。

现在，把你鼓膜上曲终的余韵衔接到你视觉上去，通感嘛，且集合你的精气神，盯着以下几句话，行云流水地看：给人希望，给人信心，给人方便，给人欢喜。你能触摸到两者简直毫无两致的脉息了吗？

同感啊，早先，我也全然没有意识到它们会有什么联系，我出于好奇，拿这四个“给”实践了一下子。在与人交往时，我送给对方一个希望，然后，给对方新建的希望注入信心，然后，在对方实现希望需要借力时提供一些方便……接下来，嗨嗨，收获了两份欢喜——不仅对方，我也收获了一份欢喜呀。一试再试，屡试不爽。

试着试着，我就试出味儿来了。这味儿竟让我觉得如此亲切如此熟悉……是，厮伴“四给”行动整个流程的，正是《C小调柔板》！

疏花疏果

(牛博士对马妞说)

戴逸如文并图

若有机会,让你看看果园里的疏花疏果——这里的“疏”,是动词。

花期一到,繁花满树。游客见了不免乱赞狂拍。果农呢,忧。养分、空间都是有限的,容不得无节制地霸占。必须对疯长的乱花动真格的了。当然不能盲目瞎摘,摘乱花是给好花好果子预留空间。还不能一步到位,要留余地,因为谁也不能确定花朵日后会遇见什么样的天灾虫祸。

花瓣萎落,萌萌的小果子便争先恐后地探出了脑袋。得疏果了。这次的“疏”就更有讲究。摘少了嫌密,果子长不了个。摘多了浪费空间,直接影响收成。需精确把握度,做到疏密有致。疏花疏果是一门艺术。

听你们唉声叹气,说什么饭店冷清不景气。你想想,一些“高端大气”的饭店规模,一些幽深莫测的餐饮场所,本来就是受“三公”经费刺激而疯长出来的乱花杂果嘛,本来就是潜伏着祸殃的虚假繁荣嘛。只有摘掉不合理的花,摘掉不合法的果,才能保障合理合法的好果子的健康成长空间。是疏的时候了。疏,是丰收的正道。

沈括曰书画之妙当以神会难可以形器求也 戴逸如

奥理冥造

戴逸如文并图

沈括说："书画之妙，当以神会，难可以形器求也。世之观画者，多能指摘其间形象、位置、彩色瑕疵而已，至于奥理冥造者，罕见其人。"

牛博士说："现如今，观众能指摘其间形象、位置、彩色瑕疵已算不错的了，也只需要指摘其间形象、位置、彩色瑕疵就足够了，根本不需要神会的。为什么？因为当今多如牛毛的书法家、画家，能得到奥理冥造的，有几个呢？"

航标灯

望子成虫

(▲马妞●牛博士)

戴逸如文并图

▲不新鲜！你的“高见”无非是拾苏轼的牙慧罢了。

●是吗？请听完再指教：环顾四周，好多“望子成龙”的朋友，连龙虫的区别也压根儿没弄明白，就把孩子当面团，可着劲儿往虫形模具里挤压。那模具里拍出来的孩儿饼，能是龙吗？

文心雕龙，文心雕龙，雕龙是需要文心的呀。天可怜见，好多朋友装了一肚子的肥肠，胸腹的犄角旮旯都塞满了，哪里还有容得下文心的位置？都说女儿要富养，其实文心才真是需要富养的——需要富裕的识见，需要富裕的时间，需要小心翼翼的维护，才有长成的可能。稍有不慎，文心的嫩叶便会被贪虫的毒唾液给侵蚀了，文心蜕变成了蚊心。

雕龙，除了需要文心，还得具备雕龙的技艺。好多朋友明明只晓得一点点道听途说的雕虫小技，却误以为掌握了雕龙要诀，非命令孩子这样那样地照做不可，偶有差池，便“家法”处置，把孩子处置死了的新闻，竟然也时有所登。

蚊心一颗，配以雕虫歪技，唉，可怜的孩儿们，不成虫，才怪！

春秋繁露曰正其谊不谋其利明其道不计其功
戴逸如

正谊明道

戴逸如文并图

《春秋繁露》说："正其谊，不谋其利；明其道，不计其功。"

牛博士说："对市场经济至上的朋友来说，这样的话是很滑稽的，是缺乏经济头脑的。不计功，不谋利，空谈道和友谊，不是傻到家的书呆子吗？"

航标灯

戴逸如新民晚报今晚报图文专栏精粹

松针十一枚

(牛博士对马妞说)

戴逸如文并图

是十一枚松针的鲜嫩。

是十一枚松针的长青。

是十一枚松针的悸动。

是十一枚松针的怒放……

好多年了，没有哪一幅摄影作品能带给我如此沉重的感动——不，这不是严格意义上的作品，只是一幅新闻摄影，不，也不是严格意义上的新闻……但，这又有什么要紧？

两边深深鞠躬的绿衣医务人员，是行道树。中间覆以绿布的担架车，是滑板，正向着地平线正中的焦点，向着彼岸，向着永恒，滑去……十一龄童捐献出渴望长大的遗体，安详升天。

是，与你一样，关于这位十一龄童的生平，我知之甚少。他的名字很普通，很普通，记牢不易。但，这又有什么要紧？正像我们对那位圣徒的经历所知不详，他的名字也记得模糊。但，由他化身的圣诞老人，人人爱戴，世代记忆。十一龄童已然融合于多个蓬勃成长着的儿童身上，这位俊靓的天使已然在无数世人的心中飞翔。他的翅膀的圣洁白光，透视出多少高大上背后的人模狗样。

我仰望污浊中的萌芽。

我仰望雾霾中的清凉。

王直方曰平淡不流于浅俗 戴逸如

远离浅俗

戴逸如文并图

王直方说："平淡不流于浅俗。"

牛博士说："为文与为人都一样，都需要弃浓艳，避绚烂。要弄懂平坦下藏波澜，清淡中含至味的道理。能深入浅出，远离浅俗的，才是高手啊。"

航标灯

戴逸如新民晚报今晚报图文专栏精粹

书输谐音

(马妞对牛博士说)

戴逸如文并图

哇，这瓷雕好可爱喔！但我分辨不出是猪猪还是熊熊。不过也无所谓啦，可爱就好。当然猪猪更好，又轻松又有得吃。

而这款瓷雕再精美也没用，取材失当啊。为什么？难道你不晓得“书”“输”谐音？不仅麻将桌上，商场、竞技场上都犯忌的。拿书作主题，大煞风景，买家都逃光光啦。

那篇文章我看了呀，说美国稿酬是我国的几十倍到一百几十倍。嘻，我看差距如此之大的道理太简单，我们制订稿酬标准的朋友一看到书（输），头就大啦，你还指望赏赐动不动输的倒霉蛋个高标准吗？美国的书输不谐音呀，相反，b-o-，o-k-，ok啦！

文章的担忧更荒谬：2011年统计，我国靠稿酬生存的自由撰稿人已濒临灭绝。可笑！少几个爬格子的人也值得大惊小怪？不可以改行去卖水果吗？这是给年轻人提个醒：百无一用是书生。想有好日子过，离书远点。你看对门的老高就是典型：萎不拉叽，一脸菜色。要是由我来订稿酬标准，哼，再去掉它一个零！

溢思为奇

戴逸如文并图

方东树说："思积而满，乃有异观，溢出为奇。"

牛博士说："独到的见解，奇妙的文字，必定出自不急不躁、周密思考、殚精竭虑、不图'一挥而就'虚名的朋友之手。"

航标灯

难言之隐

(牛博士对马妞说)

戴逸如文并图

你讲的都很有趣，都很机智。这些都属于聪明人虚构的小段子。且容我用写实手法讲件真实的小事，想不想听？

你也认识的一位局级干部，携妻去旅游胜地度假。

早晨。宾馆。有人按铃。

这位老兄开出门来，劈面见两个勇赳赳的武警战士，朝他啪地立正、敬礼！

可怜这位老兄，猝然间心脏狂跳、脸色发白，裤腿上顿时有水迹渗出，漫延……等弄清原委，这位老兄的皮鞋已盛了半船水啦。万幸，没突发心脏病而“殉职”。

搞笑的是，当地一位头儿是他党校同学，闻听他驾到，想设宴接风，给他个惊喜。万没料到，惊喜会变成惊险！这位老兄还以为有关方面请他赴“双规”会呢。

其实这位老兄口碑不错，人缘蛮好，私底下也少有他的劣迹丑闻。那他怕什么？只有他心里清楚了。

都有把年纪啦，也不好当面笑话他。背后说起，朋友们都笑着摇头。

有点意思？有点味道？必有隐情？你说呢？

列子曰病非一朝一夕之故其所由来渐矣
戴逸如

酿成大病

戴逸如文并图

《列子》说：“病非一朝一夕之故，其所由来渐矣。”

牛博士说：“所以，身体与精神的亚健康都是需要认真对待的。勤调理，善保养，以达到根除亚健康的目的。否则，时间长了，总有一天会酿成大病。”

有无意识自我介入折射了民族素质的提升

最在乎这顶草帽飘呀飘

（马妞对牛博士说）

戴逸如文并图

看过啦，凡莫小米写的，我都会看。有意思。这篇《最在乎的人是谁》又蛮有意思：

欧美心理研究者发现，假如给你看一堆照片，照片上一堆人中有你自己，那么毫无疑问，最先看见的必是自己。人最在乎的，是自己。

中国学者做了相同实验，怪了，从一堆人中认出自己平均花了19秒钟，而认出老板平均只需要2秒钟！

莫小米设问：难道中国人最在乎的竟不是自己而是老板吗？她自答：不，不是老板，是加薪、升迁、职业前途，其实，最在乎的还是自己。

唉，此答存疑啦——坦率说，我认为错啦。难道欧美人不在乎加薪、升迁、职业前途？当然在乎。但，若为自我故，三者皆可抛。对这些的“在乎”是轮不到“最”的，而要往后挪挪，排到自我之后。

而国人呢，自我意识虚化了，自我人格迷失了，可怜“最在乎”这顶草帽失了依凭，只好随风东飘飘西飘飘，最终旁落到老板——其实即莫说的加薪、升迁、职业前途的化身——这只结结实实的物欲大脑瓜上。

苏格拉底说一尊雕像应该通过形式表现心理活动
戴逸如

审美退化

戴逸如文并图

苏格拉底说："一座雕像应该通过形式表现心理活动。"

牛博士说："做一座雕像并非难事，要表现心理活动那就谈何容易了。你看，大多雕塑家要么没这个本事，要么为尽快敛财而敷衍了事。可怜的、看惯了全无心理活动的雕像的市民们呀，连审美眼光也日益退化了。"

弄懂“看不懂”

(牛博士对马妞说)

戴逸如文并图

是，很多人与你一样，拿“看得懂”、“看不懂”作为评判作品好坏的标准。“工农兵看不懂”曾经是“大批判”的杀手锏。祭出“看不懂”三字咒，足以把“反动学术权威”打得“永世不得翻身”。

嘿，你看不懂，不等于别人也不懂呀。

你刚才用“公孙大娘舞剑”来形容王羲之的书法。错啦。巧了，明代张用之（金石家，赫赫有名的《淳化阁帖》就是他摹刻的）也犯过与你同样的错误。张用之得到宋拓《集王羲之书三藏圣教序》，大喜，连盖了几方收藏印，其中有一枚“公孙大娘舞剑”。拓本传到清代金石家翁方纲手里。翁见了，叹口气，批道：“此张用之印记也，‘公孙大娘舞剑器’，‘剑器’二字乃所舞曲名，非舞剑也。删去‘器’字则不通矣。明朝人不知考据如此！”

“公孙大娘舞剑”貌似一看就懂，却不知这“通俗”里暗藏陷阱。不具备一点舞蹈知识是看不懂“公孙大娘舞剑器”的，而一旦弄懂了看不懂的“剑器”，你就有了一分长进。

“看得懂”、“看不懂”是你该问自己的问题。“通”与“不通”，才是评判作品的标准之一。

伽塞马蒂说没有感情可以成为一个
而画匠但不能成为一个诗人

雕工画匠

戴逸如文并图

何塞·马蒂说："没有感情，可以成为一个韵文的雕工，或韵文的画匠，但不能成为一个诗人。"

牛博士说："雕工、画匠——好比喻呀！如今挂着诗人金吊牌的雕工、画匠太多啦。更不堪的是，知识产权意识薄弱的雕工、画匠，还拿剽来窃去习以为常了。可叹的'诗人'也是！"

航标灯

戴逸如新民晚报今晚报图文专栏精粹

余庆余殃

（▲马妞●牛博士）

戴逸如文并图

▲哈哈哈哈，你也真够坏的！只几句话，就把他气得脸色像块臭猪肝，夹着尾巴逃跑了。

●哪里，其实我真是为他好。

▲还好呢，你的表情、腔调我历历在目呢：“行家呀！你真是精通《周易》的大专家呀！我可是门外汉。《周易》我只晓得两句话：‘积善之家，必有余庆；积不善之家，必有余殃。’”哈哈哈哈，你这是诅咒他呢，是戳他的脊梁骨、扇他的耳光呢。

●扇耳光？假如能扇醒他，就像《儒林外史》里扇醒中邪的范进那样，也算是阿弥陀佛了。然而我还真不是想赏他巴掌。不是有人说善是精神世界的太阳吗？我只是提醒他不要错过暖心的阳光。不是有人说善是人类的宝中之宝吗？我只是提醒他不要为捡恶之屎而丢了善之宝。你看他，一钱障目，什么不善的手段都敢用。德谟克利特说：“寻求善需要费尽千辛万苦，而恶不用找就自己来了。”表面上他享受着荣华富贵，实则恶之毒蛇已缠上他，他的灵魂在地狱里备受煎熬呢。

哈代说人生意义的大小不在乎外界的变迁而在乎内心的经验
戴逸如

在乎一心

戴逸如文并图

哈代说："人生意义的大小，不在乎外界的变迁，而在乎内在的经验。"

牛博士说："不仅大小，人生意义的高下、深浅、明暗、厚薄、香臭……都不在乎外，而在乎内，在乎一心。"

航标灯

做大闸蟹吧

（●牛博士▲马妞）

戴逸如文并图

●等一等，等一等，你再说一遍。

▲又开小差，漏听了警世箴言。这回听仔细了：人的命运是看你和谁在一起。一根稻草丢在大街上是垃圾，绑在大白菜上可以卖白菜的价格，绑在大闸蟹上就是大闸蟹的价格。你与谁捆绑在一起？跟着苍蝇你会找到厕所。跟着蜜蜂你会找到花朵。跟着千万赚百万，跟着乞丐会要饭！

●我真要倒吸一口冷气了，你居然会信这种胡说八道，还警世箴言！没出息！

▲短信、微信都转疯了，难不成众人都没出息，就你有出息？嗤！

●所以我说你没脑子嘛，没脑子才会跟着脑残走嘛。是，“绑在大闸蟹上就是大闸蟹的价格”……

▲嘻，你也承认了？ 你也像我没脑人一样跟着脑残走了？

●承认什么呀！ 你为什么要把自己设定为稻草呢？你想想，大闸蟹与稻草在一起，不仅身价不降，还把稻草的身价带高了。你不可以是大闸蟹吗？同理，你看见苍蝇就变成苍蝇的跟屁虫了，你不能做苍蝇拍吗？扑灭传播细菌的害人苍蝇，还他一个朗朗乾坤。还有，跟着蜜蜂去采蜜，当然也不错，但你不能站高一点吗？ 你可以做做鲜花嘛，给蜜蜂以蜜源，给世界以美。

航标灯

走向深渊

戴逸如文并图

契诃夫说：“要把自己锻炼到让观察简直成为习惯……仿佛变成第二天性了。”

牛博士说：“培养观察能力，这是提高素质的一条极简易且极重要的途径。这么简单的道理，很多人却愣是听不进去，而偏偏把拜金思维、官本位思维弄得变成了自己的习惯，变成了第二天性——因此之故，一步步，不知不觉地，走向深渊。”

晏矿有宝

(牛博士对马妞说)

戴逸如文并图

你可以不相信我，但不能不相信司马迁吧？司马迁为何对晏子佩服得五体投地？你只知道孔子是圣人，而晏子是有点小聪明的矮子，果真如此？我只能长长地叹口气。

晏子与孔子是同时代人，分别是当时齐鲁两个大国的重量级人物。他们都没有著作，《晏子春秋》与《论语》都是后人记录他们言行的断片。后人的后人，后人的后人的后人，以至于两千多年后的我辈，最靠得住的资料，就只剩这些了。如果仅从《晏子春秋》与《论语》来看，两位是各有光彩的。而我们脑子里的晏子与孔子的形象，却并不依赖于此，更多依赖于口口相传。在漫长的相传中，晏子的断片被一再遗落，萎缩再萎缩，弄到褴褛不堪。而孔子的断片却不断被扩充，金镶玉嵌，搞到光焰万丈。离晏、孔较近的司马迁之所以佩服晏子，应该是除书之外，他还听闻了若干当时还不曾湮没的、有意思的史料吧？

荒草离离的“晏矿”里，有着轩敞辉煌的“孔矿”所无的稀土，如“以民为本”。

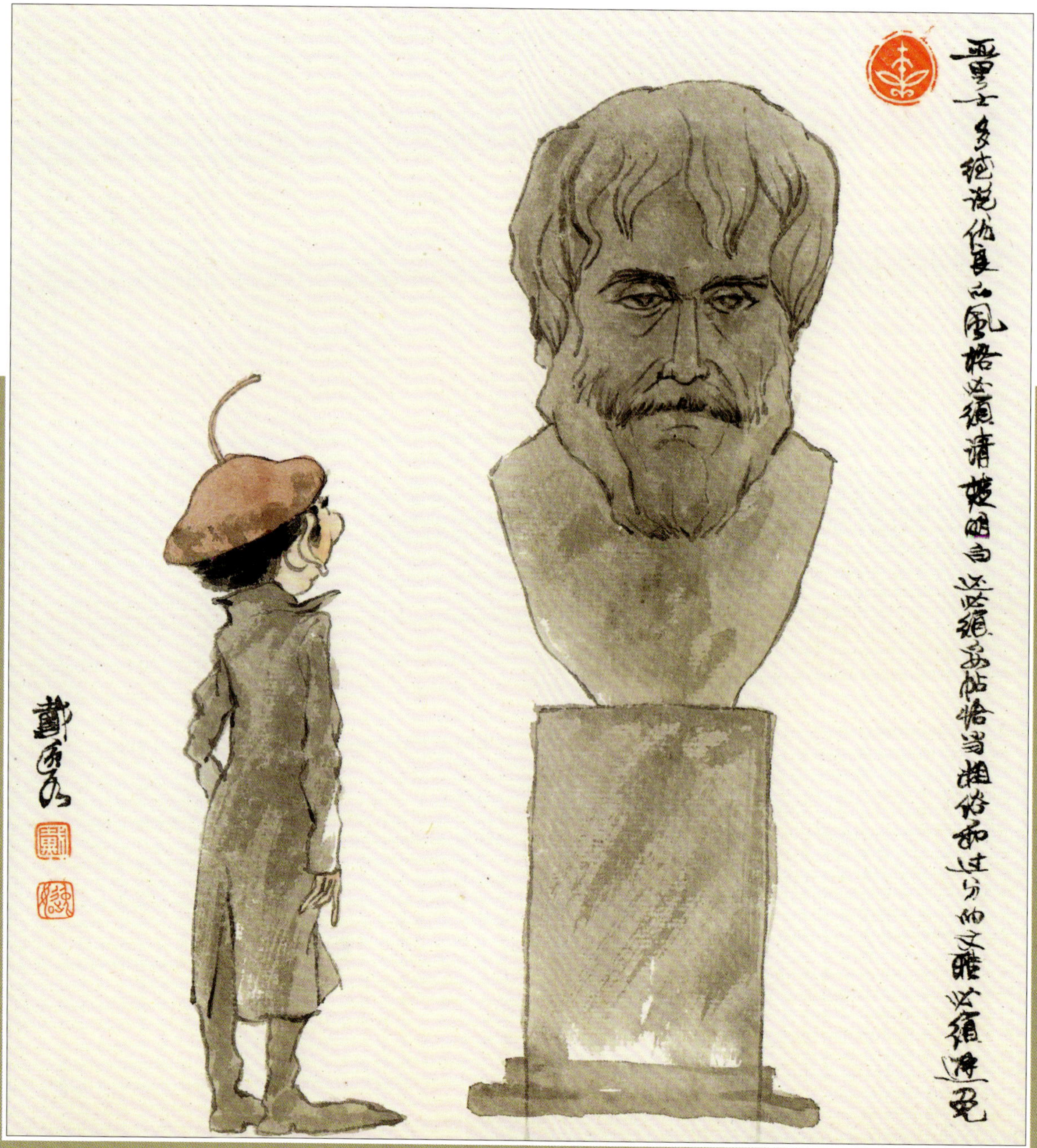
亚里士多德说优良之风格必须清楚明白必须妥帖恰当粗俗和过分的文雅必须避免
戴逸如

四要素

戴逸如文并图

亚里士多德说："优良的风格必须清楚明白……其次，风格还必须妥帖恰当，粗俗和过分的文雅都必须避免。"

牛博士说："粗俗招人讨厌，过分的文雅则显得做作，也会令人恶心。您说得太对，清楚、明白、妥帖、恰当，是优良风格的四要素。"

闭嘴之功

(牛博士对马妞说)

戴逸如文并图

是吗,你居然没听说过?这个妙解有趣又有意味,所以我才给希望小学的小朋友们讲讲。其实,它能启迪所有年龄段的人。例如我吧,我是常常用它来警醒自己的:为什么人的眼睛有两只,耳朵有两只,而嘴巴只有一只?因为上帝要人们多观察,多倾听,少说话。

不记得是哪部古籍里的典故了:某人带两个聪明儿子去拜见大官——学而优则仕的时代,大官往往有大学问——事后,大官对人说,那个伶牙俐齿的未必有大出息,而少言寡语、言必中的的那个,必有成就。他的预言多年后果然应验。

观察、倾听需要闭嘴,观察、倾听后的思考更需要闭嘴。思想的果实,不论是小果还是硕果,都是在观察、倾听和思考中孕育的,也是在闭嘴中成熟的。有些人天赋高智商,可惜他的高智商却在滔滔不绝的高谈阔论中萎缩枯萎。缺乏高智商之辈,就更不用说了。现代人把口才的地位拔得很高,而把闭嘴贬到了极处,实在是愚蠢透顶的,也是误人子弟的。我要赞美:闭嘴之功,功莫大焉。

航标灯

非愚即奸

戴逸如文并图

韩非子说："治民者，禁奸于未萌。"

牛博士说："明明晓得姑息奸种，一旦让它冒了头，它会疯长，它会铺天盖地、不可收拾，却还放任，却还助长，那是非愚人即奸人才做得出的事啊。"

把人生当作生意经的人实在是不老少的呢 且深入骨髓 戴逸如

生意人生

(牛博士对马妞说)

戴逸如文并图

冯小刚说："笑是一天，哭也是一天。今天你没笑，你就赔了。"宋丹丹说："开心是一辈子，生气也是一辈子。算算账，开心比生气多，你就赚了。"都是鼓励人的好心话哦。是，生活百般滋味，人生需要笑对，使人乐观开朗，好一番美意哦。

然而，你琢磨琢磨，不觉得有些异味吗？

真聪明！你一下子抓到了"赔"字和"赚"字。这两个字的确耐人寻味。且掂掂"赔"、"赚"这两只脆瓜，再顺藤摸下去，看看根在哪里。

笑、哭，开心、生气，本来不是在讲人生态度吗？怎么冷不丁扯到生意经上去了呢？把笑、开心归结到赚进，把哭、生气归结到赔出，把什么都当成了做生意，连人生都成了一桩生意！唉，你不觉得有点那个吗？

是，是不像话。可是，作为商业广告语，好像又没错，还很高明呢。把什么都当成做生意——这不正是现如今很多人根深蒂固的潜意识吗？这两句话，在把握国民性上，在满足诉求上，可谓拿捏得恰到好处。嘿，直指人心呐！

航标灯

戴逸如新民晚报今晚报图文专栏精粹

毁了才能

戴逸如文并图

果戈理说："才能是上帝赏赐的无价之宝，千万别毁了它。"

牛博士说："把才能挥霍在不值得的地方，那仅仅是浪费才能而已，可惜。而把才能充分利用，运用到损人利己、发挥到祸国殃民上去，那是在摧毁才能了，可恶。"

好柏杨坏柏杨

（牛博士对马妞说）

戴逸如文并图

谢谢谢谢，打住打住。海内海外，高知低知，型男靓女，各色人等，发在网上的奇谈妙论实在是太多了，你如流星雨般转发过来，真要看杀俺也。一眼瞟去，正如你的概括，这类海量宏文无非是六个字：丑陋的中国人。

是，柏杨老先生写过《丑陋的中国人》，你不分青红皂白，就把这种文字一锅笼统地冠之以“柏杨”。我的“大脑分拣机”却是把它们归为泾渭分明两类的。

一类是血脉贲张，唾沫横飞，脏水狂泼，煤球乱扔，直要让俺中国人灰心丧气，散尽元气。唉，柏杨是为了摧毁中国人的自尊心、自信心的吗？如果柏老健在，看到“坏柏杨”文字，定会脸色惨白。这真是：“吴刚伐树我洗缸，古今相遇一感伤。”

另一类嘻笑怒骂才是柏杨式的犀利笔：哀其蒙昧，怒其不争，挖劣根不怕狠，冲病灶不嫌重，一心祓贪腐、祛丑陋，端正见，养浩气，振雄心，勇精进。愿国人争做堂堂正正中国人。

《针经指南》曰：“更穷四根三结，依标本而刺无不痊。”

猴年马月之近在眼前

（▲马妞●牛博士）

戴逸如文并图

▲仿佛你真有从寻常中看出不寻常的本事似的，你就吹吧。瞧瞧这贺卡：马背猴。马上封侯（猴），升官发财咯。看你能吹出什么玄机来?

●寄卡朋友太猴急，元旦不是春节，还轮不到猴头出场呢。

▲猴急? 你看出的不寻常?

●我看马背猴，第一反映是猴年马月。你，一个小白领，想封侯还不是猴年马月的事? 真要让你碰巧撞到一官半职，如今讲廉政，发横财也是猴年马月的事。所以，你收到的马背猴实在不可解读为马上封侯，而要解读为猴年马月。

▲无知啊! 大圣驾到，不过个把月时间了。按十二生肖计月法，阴历五月便是马月。猴年马月能说遥遥无期? 古人寿短，生活节奏又慢，十二年一轮回，的确遥远。而对今人来说，十来年不过是一眨眼，况且我们已经站在羊尾巴上了，看猴年马月，岂不是近在眼前?

●你还知道十二生肖计月法? 小瞧你了。你赢了。

▲呵呵，你也不想想，这马月本来就是俺老马家掌管的事，俺马大小姐能不明察秋毫? 还能输给你牛蛮子?

作者的报应是捆手多月六帖如影随形眼

戴�8如

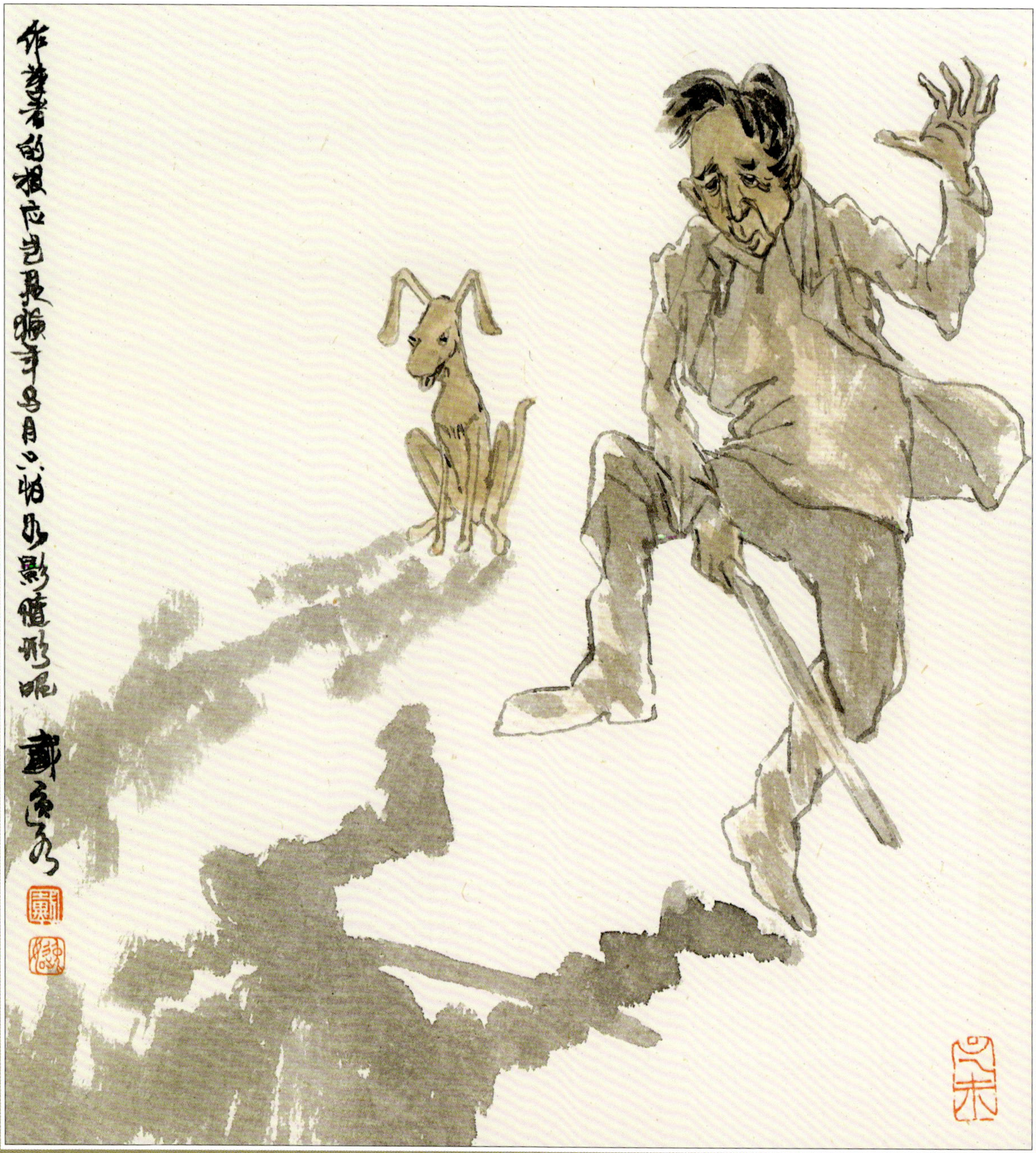

猴年马月之戳脊梁骨

(牛博士对马妞说)

戴逸如文并图

小时候，读狄更斯的《奥立佛》，又看电影《雾都孤儿》，大受感动。自以为理解了，其实，离理解远着呐。

近日，忽然大悟，对《奥利佛》的理解不期而至。悟在哪儿？悟在雾霾呀。生活在浓重雾霾里，裹着雾霾而动，闻着雾霾而静，那记忆里的英伦场景，忽然都不再有隔而生动，那记忆场景中人物的言行和心理，也顿时真实，如同切肤。

拜雾霾所赐哦！

雾霾所赐还不止这些呢，雾霾又把你的"猴年马月说"一把扯到我眼前。

十年前，不，二十年前，不，三十年前，有识之士对雾霾的预言何尝少过？何尝停止过？可谁信呢？斥之为危言耸听者有之，斥之为蛊惑人心者有之。雾霾制造者的灵魂被利益之火燃烧得烈焰熊熊，双目被利益熏得红彤彤。温和者也以为，那是猴年马月的事嘛，咸吃萝卜淡操心，想那么远干吗？

雾霾恶梦说来就来了，猴年马月近在眼前呀！我要对雾霾制造者，不，一切作孽者说：猴年马月近在眼前呀，戳脊梁骨的日子，你看得见！

一阴一阳谓之道也 偏阴偏阳谓之疾也
戴逸如

平衡

戴逸如文并图

成无已说：“一阴一阳谓之道，偏阴偏阳谓之疾。”

牛博士说：“中医讲究平衡，阴与阳，虚与实，寒与热，等等等等，都需要平衡。只有相对平衡了，人体才能维持正常的生命活动，才健康。人体之所以生病，是因为相对平衡关系被打破。阴盛阳衰，阳盛阴衰，都致病。这是完全符合科学，符合辩证法的。可以类推，可以以小见大。”

心·境

(牛博士对马妞说)

戴逸如文并图

你说你相信存在决定意识，所以坚信心随境转，而根本不相信世上会有境随心转的怪事。

你欲抑先扬，引用了朱元璋扫地故事：当朱还是个小和尚，扫地聚拢的垃圾一次次被穿堂风吹散，恨恨地说，门为什么不换个方向开呢？怪了，那房子居然真的应声转了个朝向——据说，朱是未来皇帝，是金口。你嘲讽道，这就是所谓境随心转吧。"凭你的智商，这种鬼话也信？"

哈哈哈哈，你分明是在鄙视我的智商嘛。是，问题似乎有点复杂，我的智商也许有点不够用。

你出门爱抄近路，常穿的那条臭弄堂，是脏乱差的典型。居民被熏得个个像乌眼鸡，动不动就斗嘴斗拳斗脚。也难怪，窝在如此恶劣的环境里，心情好得了吗？没错，这是很典型的心随境转。且慢发笑，转折来了：臭弄堂居民臭则思变，社区领导也把它视为毒瘤……现在，怎样了？居民思变之心，加上社区领导割瘤之心，使臭弄堂转化成了香小区。你说，是不是境随心转了？

凡事都会转化。当心随境转的被动变为境随心转的主动，你就见证奇迹吧。

孟子曰老吾老以及人之老幼吾幼以及人之幼
戴逸如

幼亲老疏

戴逸如文并图

《孟子》说:“老吾老,以及人之老;幼吾幼,以及人之幼。”

牛博士说:“古时候,真拿别人的孩子当自己的宝宝一样百般呵护,确实不易。拿别家的老人像自家老人一样看待,似乎容易一些,其实也不易。时过境迁,幼亲老疏,莫说他家老人,对自家的老人还不够冷漠疏远吗?”

航标灯

张岱催泪

(牛博士对马妞说)

戴逸如文并图

别说你不懂，连见多识广的南华老人也想不通，问张岱：“《水浒》与求雨有半毛钱关系吗？”

崇祯五年，江南大旱，村民纷纷扮潮神海鬼以求雨。为求雨，张岱乡里却派出星探，搜罗各类特型演员：黑瘦矮子、魁梧大汉、游方和尚、骠悍大妈、俏佳少妇，还有青面、歪头、红胡须……寻不到则高价诚聘，凑齐了梁山泊好汉三十六人，化了妆容，烈日下吹吹打打大游行，引得围观者里三层外三层。

南华老人怨道：“山里正闹强盗，为什么还要迎强盗呢？”一句话，激得正为蒙昧摇头叹气的张岱脑洞大开，正色道：“《水浒》求雨，好创意呀！不过，三十六名天罡星之后，应该添宿太尉一行，高举‘奉旨招安’、‘风调雨顺’、‘盗息民安’木牌。队列之前，更要以‘及时雨’大字木牌开道。”直听得南华老人坏笑而去。

1827年3月24日5时45分，贝多芬谢世，窗外电闪雷鸣，风狂雨骤 —— 上帝洒下悲怆泪。而崇祯五年的乡下无厘头，一经张岱点化，顿时成了现代艺术台本。若我是老天爷，定会噗哧失笑，赐几滴谐谑泪。

晏子春秋曰善进则不善无由入矣不善进则善无有入矣
戴逸如

善进与不善进

戴逸如文并图

《晏子春秋》说："善进，则不善无由入矣；不善进，则善无由进矣。"

牛博士说："朴素的真理。日行一善的好人，恶（不善）对他是无计可施的。而日行一恶的歹徒，善也只能对他徒唤奈何。"

航标灯

戴逸如新民晚报今晚报图文专栏精粹

心一动

(牛博士对马妞说)

戴逸如文并图

是，是雨果说的，“梦想就是东想西想”。

且顺着中译文的字面来想一想。

东一想，想到赤脚耕田的陈胜。冠盖驰过，他心一动：“王侯将相宁有种乎？”这一动，燕雀变鸿鹄，掠青云，击长空。噫，他的造反何尝有远大革命理想呢？眼红享乐、羡慕腐败罢了。可怜他春心乱动，梦笛才吹了个序句，便被车夫掐了脑袋。

西一想，想到差不多同时生活在地球上的阿育王。是，静安寺门前那根柱顶有四头金狮的，正是阿育王柱。他眼不眨，手不软，斩下九十九个同胞兄弟姐妹首级，登基加冕。他生性残暴，杀人如麻。殊不料，如此一个魔头，却因高僧点化而心一动，幡然醒悟，放下屠刀，立地成佛了。从此他广种福田，利乐众生，育得绿荫世代绵绵。

陈胜心一动，冲霄汉，心一动，堕泥潭。阿育王心一动，血流成河，心一动，花开遍野。

“心动不如行动”是你的口头禅。心不动，那行动只能是盲动啊。要动就动挥洒火树银花之心吧，莫让心动停留在靓衣美食上。

航标灯

所造所能

戴逸如文并图

张之洞说："诗文一道，各有面目，各有意境。大家者，气体较大，所造较深，所能较多。"

牛博士说："所谓通才，所谓复合型人才，其实都是所造较深、所能较多的人，努把力，容易达到。唯气体较大一项，受掣肘太多，不是自己能掌控的，常常会流于口气比力气大。"

戴逸如

“茶万娜”来了？

（▲马妞●牛博士）

戴逸如文并图

▲哈哈哈，你炮火猛烈，太不给面子了。

●面子？星巴克长驱直入，如入无人之境，国人的咖啡馆招架之力都没有，它给面子了吗？一旦时机成熟，星巴克旗下的茶品牌Teavana是必将全线进击的，攻城掠地，还有什么面子？

▲茶界不是有人开出了药方吗？

●我说昏招嘛！要宣传茶营养与健康。嘿嘿，你喝咖啡是为了补充营养？喝可乐是为了增进健康？要大力弘扬茶文化。听起来仿佛很对头，可是，你想想，可乐有什么文化？泡星巴克的朋友有几个了解咖啡文化？风声乍起，僵果佬们便以不变应万变地洒唾沫酸雨了，还挂一道彩虹，摇几面彩旗。症结何在都弄不清，还想有疗效？

▲哼，那你有良方吗？拿出来瞧瞧呀。

●良方当然有。但你以为有了良方就万事大吉？抓药的胡乱抓，分量不对；煎药的胡乱煎，药效不对；更要命的是进货渠道也会有猫腻，真伪要打问号……所以，小小茶事也不例外地是系统工程，亟需明白人层层用心，环环着力。断一环，环环休。“茶万娜”、“茶千娜”招摇于市的胜景，真不想看到。

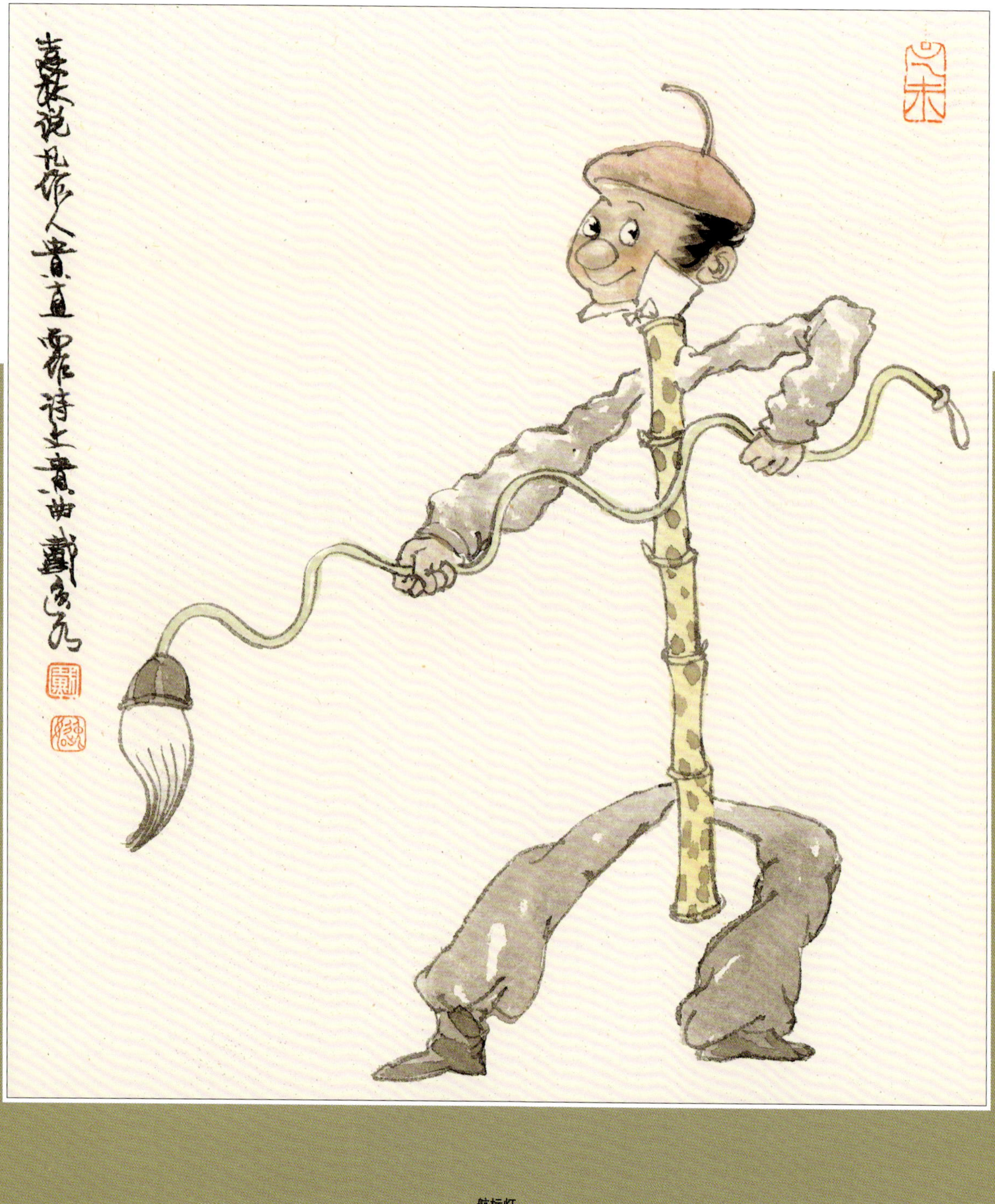
袁枚说凡作人贵直而作诗文贵曲
戴逸如

直与曲

戴逸如文并图

袁枚说："凡作人贵直，而作诗文贵曲。"

牛博士说："呵呵，为人处世既曲又涩，而写诗作文很直很露的人，似乎很多啊。"

一粒屎坏好事

（●牛博士▲马妞）

戴逸如文并图

●听谁说的？哈哈哈。

▲那你别管，反正不是我胡编的，非虚构。

评选“十大名茶”，有位朋友建议，其中应有一二款台湾茶。理由嘛，非常简单：台湾不是中国一部分吗？如果台湾茶缺席十大名茶，那就不仅是一个缺憾，还是一个错误了。况且，众多台湾茶中也确有极具特点的优秀茶品。

几番陈述，终获采纳。于是赴台游说邀约。

这位朋友很高兴，满以为此行是囊中探物——这种有意义、双赢、皆大欢喜的事，谁不乐见其成？

等他们回来一问，这位朋友的喜滋滋迅即转化为沮丧：居然没有一家台湾茶商应邀参评。为什么会这样呢？原因非常简单，台湾茶商被入门费之高吓倒。他们说他们全年的卖茶利润都不够交入门费呐。

这位朋友又问：入门费几何？一听也吓一跳。谁设的门槛？谁设的如此之高的门槛？

●胸无大局，脑瓜愚昧，只晓得三六九捞现钞，唉，这种人虽少，而多少好事就坏在这种人手里呵！

管子曰事将为其赏罚之数必先明之
戴逸如

先明赏罚

戴逸如文并图

《管子》说:“事将为,其赏罚之数必先明之。”

牛博士说:“老百姓不也有句话叫‘先小人后君子’吗?先把规矩一条条摊到桌面上,摆明了谈,可省掉许多麻烦事、后遗症。”

航标灯

戴逸如新民晚报今晚报图文专栏精粹

老头散步

(牛博士对马妞说)

戴逸如文并图

还是这条几十年并无多大改变的小路。

还是这栋推开门劈面就是陡峭木梯的旧房子。

谢顶小老头，正准备下楼出门散步去吗？

过客和居民，送外卖的和取快件的，男的、女的、老的、少的，依然互不干扰地东来西往，络绎不绝……老头闲闲地走着，忽然笑了，是某人的动态、神情又触动了那根戏剧神经吗？

老头幼年时也曾在田野放风筝，风筝从来没有上过天；老头少年时也曾临河羡泳，趴在岸上，从来不敢跳进水里；老头一辈子舔笔濡墨，画着小人儿，从来不曾肆意挥毫，放浪巨作……噫，偏偏，平步青云的，划水很响的，动不动巨作轰动、画价飙升的朋友，春梦断、泡影灭了，而老头铁线勾勒的众生相，却烙在百姓心里，未能磨灭。

噫，眼神矍铄的老头，调皮老头，让读者开怀的老头，比苦瓜还苦的老头，好一口黄酒、大汤黄鱼的老头，老扁担挑不休的老头，可以歇歇肩了吧，遛一圈，散散步吧。

天，阴着，没有夕阳。蓝色圆顶教堂上空，一群归鸟掠过，扑喇喇响。

韓非子曰火形嚴故人鮮灼水形懦游人多溺

航标灯

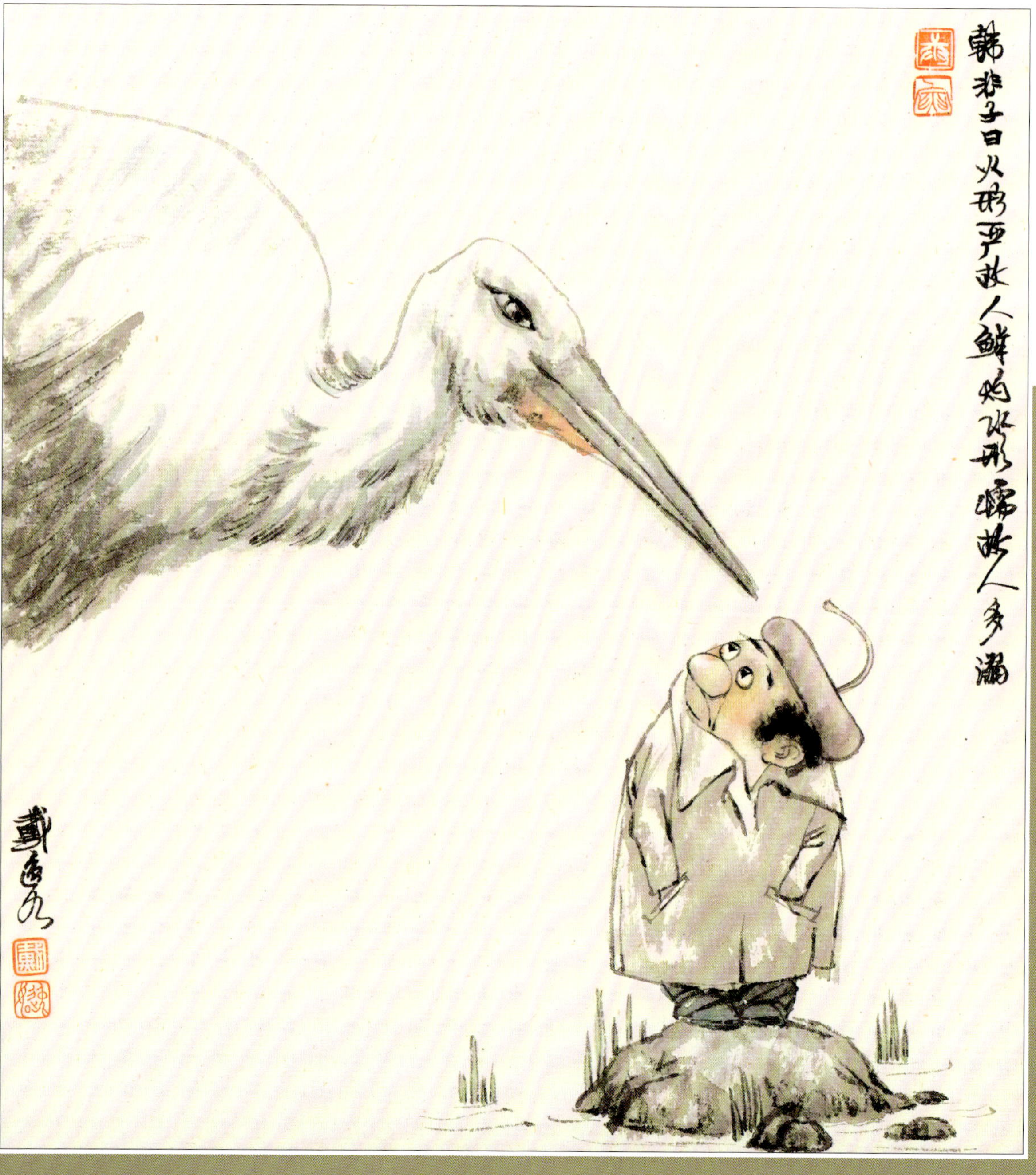

以貌取人

戴逸如文并图

韩非子说：“火形严，故人鲜灼；水形懦，故人多溺。”

牛博士：“如此说来，以颜值取人也未必全错呐，至少也有百分之五十的胜算呢。”

不愿出力还想赚大钱嘻

不出力 赚大钱

（▲马妞●牛博士）

戴逸如文并图

▲偏见！纯粹偏见！你以为只有如今的年轻人，像莉莉、喵喵这样的00后、90后才会这样想？大错特错！

谁不想不出力气赚大钱呢？阿咪是80后，她跳槽，不是为了找更轻松、更赚钱的活计吗？阿强是70后，还不是因为没找到既轻松、薪酬又高的岗位而天天打着麻将吗？人同此心呀。对，你那个亲戚不是60后吗？你没听过他铿锵有力的雄辩高论吗？

●说下去，说下去……不说了？要不要我来接龙，续一个50后的例子，再续一个40后的例子？没错，你说的懒惰、贪婪心态，正像霾一样荼毒着空气、侵蚀着肌体。早在上世纪40年代，丰子恺画过一幅《吃力不赚钱，赚钱不吃力》，从画面到画背浸透了沉痛心情。他揭示的社会怪现状，像强效激素，刺激着懒与贪的欲念，使其不断膨化。

昨天，你眉开眼笑，满载而归，说一家外国商场新开张，售卖的商品设计体贴、制造精良还便宜。你想过没有？之所以会有这样的商品存在，不是恰恰说明，我们需要的正是肯用心、肯用力和不贪婪吗？

收获痛苦

戴逸如文并图

歌德说："播种不像收获那样痛苦。"

牛博士："歌老，您有没有搞错？您是口误了吧？有瓜果吃了难道会不开心，比插秧还痛苦？待我细细琢磨，却品出了个中滋味。播种与喜悦，收获与痛苦……真的，太对了，播种希望时有喜有痛，大喜小痛。而收获果实时牵出的种种痛苦，那才叫痛彻心肺呢！"

小丑见解

(牛博士对马妞说)

戴逸如文并图

且慢，暂停，容我从两千年前的中国跳一跳，跳到莎士比亚的舞台上。当朗斯听斯皮德说到“她的头发多于智慧，缺点多于头发，财富多于缺点”时，兴奋起来，认为“财富多于缺点”这句话使缺点也变得可爱了，叫道：“好，我一定要娶她！”

此二人何许人也？是莎士比亚设定的小丑。明白了吗？莎士比亚告诉你：只要有钱，缺点也可爱；只要有钱，愚昧无所谓——这是小丑的见解呀！

好了，回到你刚才说的“君子喻以义，小人喻以利”上来。可以这样理解：用利教育出来的只能是小人，不会是君子，而用义教育出来的很有可能是君子。当然也不一定，也可能做不到君子，但至少会是一个安分守己的文明公民。“人人皆君子”的大目标太玄，那是《镜花缘》里的君子国，但让多数人成为文明公民的目标，不是完全可以实现的吗？

现在可以瞄准靶心了：应试教育的本质，正是以利喻人，是用高压把学生往利益、利害的跑道上驱赶。如此培养出来的学生会有朗斯式小丑三观，实在不足为怪。

航标灯

戴逸如新民晚报今晚报图文专栏精粹

贵常贱终

戴逸如文并图

《墨子》说："官无常贵而民无终贱，有能则举之，无能则下之。"

牛博士说："假如做得到有能则上、无能则下，能上能下，那么，就不存在官是否常贵、民是否终贱的问题了。假如'能'无法界定，官本位坚固，恐怕贵总是常，而贱总是终了。"

岁朝清供

(牛博士对马妞说)

戴逸如文并图

我今年的岁朝清供还是两枚佛手、一盆水仙。有点老套,乏新意可陈。

我想,并不需要时时事事都非得求一个新字不可,不是吗?

两枚佛手的形态和柠檬黄的色泽,看着便令人心生欢喜。佛手在梅子青双鱼瓷盘里初供一夜,已然满室清香。虽然身在佛手之室,久而嗅觉不免迟钝,然而疲乏时,趋近观赏,悠然清芬,实在沁人肺腑啊。

时间真快,元宵了。佛手形体渐小,色泽渐深,但,香如故。

今年水仙骨朵矜持,直至除夕,才一二朵、三四朵地陆续开出。清香也便从重瓣的花朵里缓缓外溢,由淡渐浓。正如播放着的马友友的提琴,幽幽地悠扬起来,一波一波地环绕,弥漫全室。

德化瓷艺家别出心裁,居然让弥勒佛斜躺到摇椅上去,弥勒佛开怀之笑,也因此而平添了几分散朗风神。

高十数厘米的白瓷摇椅弥勒佛,身后衬着的水仙已然郁郁葱葱,倒像是一片春林了。

黄蕊、象牙白、重瓣的水仙花开得层层叠叠,竟把几株花柱压折了,随意地倒挂下来,更有点像山野丛莽了。

茶几也便有了林下之风。

航标灯

身体警告

戴逸如文并图

《刘子》说："人之将疾者，必不甘鱼肉之味。"

牛博士说："吃啥都没味道，这是身体对人的一种警告。假如，嗜咖啡者面对一杯极品咖啡却无喝的欲念，嗜烤鸭者闻着香气扑鼻却食欲全无……请注意了，速去医院检查。"

航标灯

开发心眼

(牛博士对马妞说)

戴逸如文并图

却说有个到老手不释卷的人,他说他之所以爱读能读,是有幸得到了老天爷的关照。

我料到你要叫“奇怪耶”了。我料到你要说:“阅读嘛,很私人的小爱好罢了,扯得上老天爷关照吗?”别急,带耳朵听就是了。

他说他有幸,老天爷赐他好眼好手,到老还能看小字写小字。他说他有幸,老天爷赐他好性情,平生不喜见俗人,连眷属都懒得亲近,所以能一门心思读书。

这还算不上有幸。他说,真正有幸的是老天爷赐他以心眼,能开卷见人。不是仅见皮肤、血脉和五脏,而是看透骨子。老天爷又赐他以大胆。前人说“是”,他偏能看出“非”。前人说“非”,他偏能看出“是”。这让他获得了非比寻常的读书乐趣,因此,读到老,乐到老。

老而弥健的眼手,不是人人能有的。心眼和大胆,却是人人具备的,只是深藏未露,有待开发。人生苦短。多少人不知开发,转眼间,这份宝藏便随同臭皮囊化作了一缕青烟。你且开发试试,看大胆里有多少乐趣,心眼里有多少欢喜。

航标灯

金玉其外

(牛博士对马妞说)

戴逸如文并图

拜访一位老教授。他正对着书案上一摞金碧辉煌的书籍唉声叹气。“很富贵气嘛。”我说。我的话引出了他一叹三叹的亲历故事:

不久前他打电话给他的学生——一家出版社的总编——想要一本古籍。回答是“没出过”。他不解,这套书是二十多年前开始陆续面世的,该书在书目中排得挺靠前,这速度岂不是让蜗牛也要自叹不如了吗?学生叹苦经,说社里的老编辑一个个退了,接手的高学历新编辑却连许多典故都理不清,拿出的稿子讹舛多到令他伤心。屡改屡错,最终痛下决心不出了,免得砸了出版社的牌子。

老教授着急说:“设法起死回生呀,这应该是常销书!” 学生苦笑:“我也想补救,可哪来合格人手?”

瞧瞧桌上的书,我忽然明白了:此所谓“你的破绽,他的商机”。“说对了,”老教授叫起来,“惭愧,这家出版社的头是我学生的学生,他瞄准机会,拼凑人马,随意注释,信手翻译,再加上花哩呼哨的装饰,豪华登场,还送了我一套。听说还弄到了什么资助,一下子赚了一票。唉,想不到,金玉其外败絮其中的老戏码,居然成功重演。”

航标灯

同情

(牛博士对马妞说)

戴逸如文并图

在卢旺达。中国义工看到瘦骨嶙峋、衣不蔽体的黑孩子跑来，顿生怜悯，拿起救济品就送上去……美国义工大声喝叱，制止了他。

事后，美国义工道了歉并说："贫穷不是他们的错。但你轻易把东西给他们，让他们以为贫穷可以成为不劳而获的手段，因而陷入更贫穷的境地，这就是你的错了。"美国义工的方法是：让黑孩子干一些力所能及的事，把救济品作为报酬分发。

我们有些贫困地区的人宁可游手好闲吃救济粮，也不肯努把力去奔小康。有些地方外来的车一停，立即有孩子蜂涌上前，纷纷伸手要钱……有些人认为自己在行善，究其实，却是在制造恶业。不幸的情况一再发生，还在发生，我们真应当想想，恶业为什么造成？

我不禁想起茨威格的话："同情有两种。一种同情怯懦感伤，实际上只是心灵的焦灼。另一种同情才算得上真正的同情。它毫无感伤的色彩，但富有积极的精神。这种同情对自己想要达到的目的十分清楚。它下定决心耐心地和别人一起经历一切磨难，直到力量耗尽，甚至力竭也不歇息。"

航标灯

雪绒花

(牛博士对马妞说)

戴逸如文并图

送你一盘唱片,《音乐之声》原声版。太熟? 听吧,再听听吧。

你说你问了很多人,做人要做怎样的人? 有答要做炒股达人的,有答要做房产老板的,有答要做亿万富翁的,有答要做又有钱又有名的……五花八门,虚的虚得让你摇头,实的实得让你叹气。

你提示:有没有想到过社会主义价值观? 哈,你不说我也猜得到:有人结巴了半天,也没把十二个词背全。有人会一口气背出来,然后困惑地问:“我做梦也想富强啦,要富强是不是必须炒股、学少林功夫?”你告诉他,社会主义价值观的前四个词是属于国家层面的,中间四个词是属于社会层面的,后面四个词才是属于个人层面的。做人,就要做爱国、敬业、诚信、友善的人,堂堂正正的人。他们笑你说教。

摇什么头,叹什么气? 嘿,那你就别说教呗。你看过《音乐之声》,电影和音乐剧,教他们唱《雪绒花》嘛,给他们看视频嘛。

你说的爱国、敬业、诚信、友善不是就在里面了吗? 你说的堂堂正正不是就在里面了吗……哦,还多了一点诗性温情。

贪婪激素

(牛博士对马妞说)

戴逸如文并图

真的很便宜? 那我就不客气, 收下了。

我也逛过些海外集市, 大商场里、户外都有。市民把闲置的日用品、工艺品拿来设摊。好些在我们这里是必定要套上古董大帽子, 标价加零再加零的。老外愚钝, 只晓得盘子是盘子, 花瓶是花瓶, 只收一点依我们的"标准"算很便宜的钱。不光旅游者, 当地人也喜欢去兜兜转转, 买些对眼的东西。

我还观摩过花园拍卖会。说是拍卖会, 看上去更像派对。草坪如茵, 桌布洁白, 拍品端庄陈列。参与者无不穿戴正式, 笑意盈盈。有专人对拍品一一详加解说, 说造型设计, 说做工技艺, 说艺术风格, 说品相……时不时引起压低的惊呼声。一件标有狮子、立锚和国王头像的银质咖啡壶, 一套19世纪英国产带奶缸的茶杯、碟, 看得我眼馋, 猜想会以什么高价拍出。结果不说你也猜到了, 太便宜。

当日用品只为了日用, 陈设品只为了喜欢, 一切便简单、有趣、有情 —— 这就是我们常挂在嘴边的平常心吧? 把什么都视为金钱、投资, 好端端的东西也便沦为贪婪的激素了。

俺乡下的牛都不吃

(牛博士对马妞说)

戴逸如文并图

很好，你笑出了声。“在我们时代，著书立说已变得十分无聊，人们写出来的东西，他们根本没有真正思考过，更不必说亲身经历了。所以，我决心只读死囚犯写的书，或者读以某种方式拿生命冒险的人写的书。”——十九世纪丹麦哲学家克尔凯郭尔的话。

同理，我桌上这本画册平庸，让你不屑一顾，原因正在于作者“根本没有真正思考过”。更有意思的是，画家对画册也不满意。一幅《深秋》的草地印得碧绿生青，让他大为光火。印刷工也不买账，理直气壮。他认为原画中的草地萎靡，脏兮兮，“俺乡下的牛也不愿吃”！嗨嗨，说他们没有思考过么，他们都有思考啊。

画家思考了深秋的草地该不该鲜嫩这类小处，却无力思考立意、境界的大处。印刷工具有草之牛吃与不吃的经验，却因为美育的缺失而无法从艺术角度理解画面。

这两位，画家和印刷工，在当今是具有典型性和普遍性的。这就是为什么如今难觅好画影踪，即使有了好画，也印不好的原因了。

思考，要思考，更要“真正的思考”。

三节尺

(牛博士对马妞说)

戴逸如文并图

听你们议论热烈，我没好意思插嘴。我就做好我的“店小二”吧，不让你们的杯子空着。

曲终人散，我来啰嗦几句。又瞎谈幸福感！还没腻吗？央视记者在大街上见人就问：“你幸福吗？”奇出怪样的回答引发全国热议，你总该记得吧？我当时就对你说过，雷人雷语层出不穷是必然的。为什么？因为答的人心中没有幸福标尺，问的人也拿不出幸福标尺。嘿嘿，那就叫瞎问瞎答。凭什么说问的人也没有幸福标尺？你想，如果有的话，策划之初就该设计个漂亮的收尾，借随机抽样来个正能量大引导。不是爱说“正能量”和“导向”吗？有光明大结局吗？所以，到今天还在喋喋不休，无轨电车乱开，浪费精力，虚掷青春！

我？当然有啦，不过不是我说的，是巴莱克说的。他的幸福标尺极简洁极实在，是把“三节尺”：“一是有希望。二是有事做。三是能爱人。”

假如三缺一，那不会幸福。假如三缺二，或三者都缺，当然更别谈幸福了。而你三样全占，就该知足，就该幸福感满满，别再胡思乱想。

航标灯

戴逸如新民晚报今晚报图文专栏精粹

天堂未必不变

(牛博士对马妞说)

戴逸如文并图

是，这里的景色用一个“美”字太苍白，感受用“陶醉”也太幼稚。远山、近水、葡萄园、喷泉……处处洁净如洗。鲜花盛开的广场上，居民们喝着咖啡，发出低低的欢声笑语。我词拙，且用“诗情画意”来敷衍。咖啡馆、餐厅顾客并不多，一定挣不了大钱，却照样精心拾掇，服务体贴入微，让来人如沐春风。

天堂？不止你一人用“天堂”来赞叹了。记得你给我看的帖子吗？有人请求上帝让他见识天堂与地狱。令他惊讶的是，地狱竟有漂亮的餐厅，一口大锅，香气扑鼻。用餐时间到，一群人拥进来，急吼吼争抢舀汤喝。勺柄太长，嘴巴根本够不着。饿鬼乱成一团。天堂的餐厅居然一模一样，勺柄也同样长。慈眉善目的食客鱼贯而入，无比优雅地舀起佳肴，彬彬有礼地送进锅对面的朋友口中。哦，天堂不就是“我为人人”吗？而“人人为我”便在其中了呵。

道理就这么简单。都懂，都不实行，便是地狱。若天堂出了“先觉”，跳过“我为人人”，直奔“人人为我”，弄得效尤者众，天堂也终成地狱。

航标灯

桌山与瓦山

（▲马妞●牛博士）

戴逸如文并图

▲肯定！百分之二百！是南非桌山！照片比我拍的好看，那是你时间与角度选得比我好。

●错，是我国的桌山。看出了吗？拍的还不是同一座山。地球上难得的桌山，四川竟拥有三座！多荣幸。但我们的桌山知名度太低，吃亏在名字啊。你看南非“上帝的餐桌”，一下子与上帝挂上了钩，顶上的云便是洁白的桌布了，看山似乎也成了朝圣，又很自然令人想到《最后的晚餐》，而近边正是十二使徒峰……紧扣特点，无限发散，成了世人神往的地方。我们的桌山叫什么？大瓦山、瓦屋山。巍巍大山顿时矮化为地主老财的瓦屋了。另一座倒很有名，峨眉山。但因其平顶倾斜能否称为桌山尚有争议，更因其上佛光太过炫目，地质地貌特点被遮蔽。山，是同样的山。命名人的思想境界注定了山的命运，或被提升，或被拖下。山，真的很被动。是，不仅山名，山中景点之名，同样如此。你想想我们有多少阿狗阿猫式的山名和山中景点之名，还翻来覆去地模仿抄袭。多少次，当导游报出名来时，我摇头苦笑。

航标灯

戴逸如新民晚报今晚报图文专栏精粹

远离围观

（▲马妞●牛博士）

戴逸如文并图

▲你真比捡芝麻丢西瓜的蠢人还蠢，到了卢浮宫没看《蒙娜丽莎》！对油画从来没兴趣的兰姨都看得眉飞色舞呢。

●嗨，我看到了绿葡萄……

▲嗤，我还吃紫葡萄呐。

●记得吗？鲜活洒脱的绿葡萄，我多次提醒你注意的，欧洲许多博物馆都有但都不一样的静物画——这位画家几乎用了一生在研究餐桌气氛。面包、蔬果、酒浆、餐具、乐器……各种形体、材质、色彩的物件经过不同组合、加减，他画出光色无穷的微妙变化。卢浮宫这幅，属于他精品中的精品。同样美妙的、其他地方看不到的风景画、人物画，在你们围观蒙娜丽莎时，我欣赏了好多幅。画前除了我，猫都没有。

是，假如我研究蛋彩画，或许我会努力挤近，去瞄一眼"永恒的微笑"，或许会有收获。而一般欣赏，免了吧。在家里看高仿画片，不比挤着远瞥要真切得多？

如果把卢浮宫比作阿尔卑斯山脉，那《蒙娜丽莎》就是世俗眼中的勃朗峰了。没有巍巍群山的抬举，勃朗峰还成其为勃朗峰吗？绵延群山之中，值得流连盘桓的美景，多着呢。

航标灯

做一粒金砂

(牛博士对马妞说)

戴逸如文并图

你说你老了，连兔兔也说她老了——真让人笑掉大牙，她才几岁呀，刚跨进大学门槛哩。

是呀，时间之轮似乎真的越转越快，数数看，网上疯传卡通人物“小破孩”，仿佛是近在眼前的事，今天，小破孩影踪何在？绿豆蛙、兔斯基跟随着红遍天下呀，今何在？后浪扑杀前浪。一副猴急相。于是多少人年纪轻轻就焦虑，就急吼吼跳进浊流往前冲。

你就跟着去叹息去着急去害怕吧，去六神无主吧！是，我是幸灾乐祸，我好言好语你不听嘛。

记得我跟你说过宋代有个画家，名气大到高富帅、白富美们豪宅里不挂幅他的画，都不好意思在派对上露脸。然而，身后他很快被大浪冲刷得一干二净。经受住历史挑剔的却是当时远不如他有名的人。20世纪50年代初，徐悲鸿想聘那时还位卑名微的齐白石做教授，名教授们以集体辞职来抗议。然而，今天那些名沙子们哪里去了？

所以，别羡慕浪得虚名的黄沙，别寄希望于侥幸，别陶醉于外行的乱拍手，别被五光十色的激光棒晃花了眼，宁做一粒藉藉无闻的金砂。

做得很好

(牛博士对马妞说)

戴逸如文并图

是，巴菲特这家伙真的很厉害，他说的这句话我也很喜欢："我们不必屠杀飞龙，只需躲避它们，就可以做得很好。"形象的比喻，托出了他的行为准则。这准则与东方智慧高度契合。

你不是抄下了李嘉诚办公室张挂的对联吗？对联可以与此话对读：

发上等愿结中等缘享下等福

择高处立寻平处住向宽处行

据传，此联为清代进士姚元之撰。李嘉诚悬挂的墨迹，是左宗棠应荣德生之请而书。是，无锡梅园挂的楹联，与此联略有出入。

小小一副联，居然囊括了儒道佛。"发上等愿"、"择高处立"宣佛家精神，"结中等缘"、"寻平处住"诉儒家主张，"享下等福"、"向宽处行"含道家意蕴。且放出你的眼力去看，上下联24个字，藏的不正是一个"避"字，一个"做"字吗？逞匹夫之勇，与强大凶暴的恶龙去硬拼硬斗，结局难免两败俱伤。巴菲特才不干呢，他避开恶龙，做自己的。

怎么做？他不说——那就照对联说的去做吧。荣德生、李嘉诚照着做了，果然做得很好。

朗读的遗产

（▲马妞●牛博士）

戴逸如文并图

▲如果连这些玩艺儿也申报“文化遗产”，那“文化遗产”岂不像我小时候的抽屉一样，塞满脏钮扣、破蝴蝶结了？

●“我们坐在高高的烟草堆上，听朗读者讲那过去的事情。”且容我宕开一笔。古巴的泥土、阳光、风和水似乎比其他地方更适宜于烟草生长，伍尔芙说：“这海岛是一个天然保湿烟罐。”150年前，抽古巴雪茄已然成为身份象征。而卷烟工人却生活艰苦，日复一日机器般劳作。雪茄工人出身的萨图尼诺·马丁诺斯萌生创意：进车间，为工人朗读他办的报纸。朗读出乎意料地大受欢迎。朗读内容也渐渐从新闻扩展到小说、诗歌……朗读传播知识，抚慰灵魂，还启蒙了精神。古巴第二次独立战争起义命令，正是藏在一支雪茄里传递的。想想吧，一支支雪茄从工人手下流出，而朗读者用声音滋润着工人的心田……多么美妙的一幕。斗转星移，政权更迭，这份特殊职业却保留下来。至今，古巴还有300名朗读从业者。烟厂朗读者成了“世界非物质文化遗产”。

愿所有文化遗产都能像朗读者一样，名副其实。

航标灯

涂蜜与非礼

(牛博士对马妞说)

戴逸如文并图

且慢得意。你知道了一句德国成语，仅此而已。托尼学中文正在兴头上，视中国文化为初闯入的阿里巴巴洞穴。是，我国有农历腊月二十三日送灶神的习俗，是要给灶神爷吃饴糖、汤圆的，让他甜甜嘴，向玉皇大帝述职时能多为人间说好话。托尼认为他们的成语“在某人嘴边涂蜂蜜”源于中国习俗，其实并无可靠的证据。

德国的仨小孩遮眼、捂嘴、塞耳的雕塑工艺品，倒确实源于“非礼勿视，非礼勿言，非礼勿听”。还有别国猴子遮眼、捂嘴、塞耳的，也有由鸟类用翅膀做出这三种动作的。可见《论语》的“非礼勿视，非礼勿言，非礼勿听”得到了广泛认同。其实三个“非礼勿”之后还有一句“非礼勿动”。前三个是第四个的铺垫，作者的落脚点在“动”上。很遗憾，因为“动”的形象表达困难而被舍弃了。这里，我们应当清醒的是形象传播的局限性。

“涂蜜”很可能只是两个民族通感的不谋而合。假如源于我们的习俗，你理当学学德国人的善于吸收。沾沾自喜是很没出息的。

航标灯

有线串联

(牛博士对马妞说)

戴逸如文并图

不要光低头吃。抬头看，视线往左，看见门帘一样的隔断了吗？没啥好看？你不觉得挺别致挺有味吗？

一间异国乡镇极普通的吃食店，每天会有许多废弃的肉骨头。选用五六厘米到十三四厘米的小骨头，参参差差地串起来作成隔断，惠而不费，是富有环保精神的创意。那个在厨房间忙碌的、像是老板的大胡子，形象极典型且富个性，也许这隔断里有着他土著童年的记忆。

是，你知道许多土著颈悬这样的骨头项链。大都市有些前卫女性的脖子上，不是也挂着真骨或其他材质仿制的骨项链吗？

你想，有多少小肉骨的命运是从餐桌径直走向垃圾场的，而这些幸运的小肉骨，仅仅因为有了一根可见的棉线和不可见的创意之线的串联，上升为既具实用性又有观赏性的生活用品。

你再想，还有一些肉骨经过精加工，与瓷土结合烧造，随即升华为尊荣之器——你不是喜欢韦健伍德的象牙白瓷吗？那正是骨瓷呀。

人也是这样啊。人生，也是因为有没有可见之线和不可见之线的串联而判然不同的。

航标灯

戴逸如新民晚报今晚报图文专栏精粹

点赞虫虫

(牛博士对马妞说)

戴逸如文并图

虽然，如今人们已经把粗话当作开胃菜，虽然，粗话已是不少“公知”的开口必备，但，我知道，你们这几个书呆子呀，对脏字脏词永远难以启齿。最忿怒的痛骂也就止步于“虫”了。

可是你想过吗，你骨子里的鄙视对虫虫有多不公？善良、淳朴的虫虫哟，有多冤？

想起来了？你隆重推荐我喝的这款茶，别名不正叫“虫咬茶”吗？要是没有虫虫的神奇唾液，怎会有让女皇开颜的好茶？老鳖一席话，又逗你兴奋了，瞧你，活像掐了头的苍蝇，东冲西撞，乱抓人，瞎打听，恨不能立刻喝到赤水虫茶。我搜索过了，败你一百次胃口，断你一千次念想吧，你以为虫茶也就是虫虫啃过的茶叶？你以为好汤色、好香气、好口感、好营养必定出自好茶叶？笑痛我肚皮，虫茶根本不是茶叶，而是虫虫吃了一种叶子拉出来的便便！想想，我吐！

多伟大呀，你不忌讳？知道了还敢喝……那你更应该深刻反思、痛改前非，不能再在邪路上滑下去……不能再骂坏人为虫了呀，让虫虫伤心！坏人应当千刀万剐，虫虫多好！我赞美虫虫！

航标灯

戴逸如新民晚报今晚报图文专栏精粹

阴阳头

(马妞对牛博士说)

戴逸如文并图

乍见他脑袋上可笑至极的发型，我忍不住爆发出大笑。

他非但不恼，反而眼闪得意光芒，兴奋地笑问："小姨，够潮吧？"同时脖子左扭右转，充分展示他的新发型。

"天呐！"我重重拍了一记巴掌，严厉警告，"千万别在奶奶面前露脸，小心她把你脑袋拧下来！"

他神情掠过一丝黯然，迅即执拗地斜昂头颅，不解地发问："你们怎么一个样？还有点创意，还有点审美眼光吗？"

唉，他全然不晓得，他的发型叫"阴阳头"，与我们家属有着瓜葛，会像刀捅老伤疤，戳得老太太心惊肉跳、鲜血淋漓！

唉，他这算什么"潮"呀，他爷爷奶奶当年才叫"潮"呐。从欧洲归来的他们，一举手一投足，一颦一笑，都能引来好奇、羡慕和……和什么就不说了。家具、文具、餐具、服装要"破旧立新"还容易，而生活、思维习惯岂是想革就革得了命的？终于，1966年夏，满腹经纶的爷爷被几条汉子按着剃了阴阳头。当夜，不堪凌辱的爷爷坠楼身亡。

曾经是奇耻大辱标志的阴阳头，摇身一变成了新潮发型，嘿，阴阳头呀。

航标灯

戴逸如新民晚报今晚报图文专栏精粹

巨狸作怪

(牛博士对马妞说)

戴逸如文并图

远离村落的深山小庙。

潜心修行的青年和尚。

一个猎人来送粮食蔬果。

和尚说:“上次你来之后,敝寺出了件殊胜异事,普贤菩萨现身降临。”作为答谢,他诚邀猎人一同瞻礼。

猎人讶疑,去问小沙弥。小沙弥信誓旦旦,说他有幸,拜见过五六回了。

午夜,东方天际果然出现一点白光,飞速驰近。只见乘坐六牙白象的菩萨宝相庄严,无与伦比。

和尚与小沙弥纳头便拜。猎人却突然弯弓射箭。长箭正中菩萨胸膛。轰然一声,白光消逝。和尚悲愤欲绝,厉声痛斥。

猎人说:“您有福报,能见到菩萨显灵,这不奇怪。但我是以杀生为业的,罪孽深重,也能见到,实在说不通啊。”

日出之后,他们循菩萨现身方向寻去,在山谷中,找到一只巨大的死狸,长箭贯胸。

上述故事见诸小泉八云文集。他的鬼怪故事是有“日本聊斋”之称的。

在信仰缺失的人群中,必然妄议信仰。而在有信仰的人群中,普通人的常识却又成了照妖镜。世界上的事,吊诡如此。

航标灯

戴逸如新民晚报今晚报图文专栏精粹

剽窃怎样才能杜绝

（牛博士对马妞说）

戴逸如文并图

你的文章被人剽窃了，你苦思冥想、好不容易妙手偶得、非常得意的句子被人抄袭了，署上了别人的名字，还配上了漫画。你愤怒，你冲动，这，我都理解。

但我还是要泼你一瓢凉水，不，冰水。按目前的情况，你要罚他一元钱都难，于法无依啊。

我以前跟你说你听不进，现在回到老话上来了。如今层出不穷的抄袭、剽窃现象，单靠道德谴责、硬性罚款根本无效。头，照样疼，脚，依然痛，还必将变本加厉，越痛越烈。为什么？因为不除根啊。你讥笑我"书呆气十足"的这番话，恰恰是病根——"创造力匮乏引发的道德沦丧"。道德沦丧是可以分很多种的，这一种，属于创造力匮乏。

是，这就是空喊"创意""创新"却不抓创造教育的恶果。就这么可怕！信不信由你。

一个创造性思维训练有素的人，一个创造技法娴熟的人，一个创造力旺盛的人，你揿他头逼他抄他都不干。你的妙句可能会触发他的灵感，他从而调动创造性思维，运用创造技法，才思便火花四溅了，文笔便激流奔涌了。

日“庸”品

(牛博士对马妞说)

戴逸如文并图

哈哈哈，我的衣着是不是很十三？哦，简直是“有碍观瞻”？

唉，你说的没错，男式睡衣，却密布细琐艳俗碎花，是男式的吗？穿在身上像白痴、像娘泡……总之，说不像话不像。买？我的眼光还不至于恶劣到这种地步吧？开会发的。扔了吧，浪费，将就着躲在家里穿穿吧。

不光衣裳，很多日用品都让人无语，令人头疼。举老G为例。老G如今大发了，要啥有啥，讲究点品位是有条件了。然而，他、太太和千金通身装饰只能用一个字来概括：俗。他的住宅，简直就是庸俗奢侈品展示馆。要概括，也就一个字：俗。

是不是我们设计不出好东西？一位设计师朋友是一肚皮怨气啊：好端端的设计基本通不过，进不了生产流程，而不三不四的设计却总能一路绿灯，大量投产。

其中原因，分析起来实在错综复杂，牵扯到许多方面，一言难尽。画个“依存链”则比较简单：庸俗需求催生庸俗品，庸俗品反哺庸俗市场，使得庸俗市场愈加庸俗……如此循环，生生不息。

想做星探
戴逸如

星探

（▲马妞●牛博士）

戴逸如文并图

▲嘿，你怎么像个小屁孩？瞪大了好奇的眼，东问西问，七问八问！不，你像个猥琐星探！

●星探？妙喻。我还真想做个星探呢，从茫茫人海里探几个中国之星出来。

▲中国之星？凭你？你还以为你是刘欢，是林忆莲，是崔健了吗？他们是巨星，你是谁呀，你？

●你可曾见过蹀躞于市井街巷的星探？虽然他们藉藉无闻，但，那些熠熠闪光、使万众癫狂的星辰却只在他们视野之外呢。他们关注的，是平凡眉宇间的轩昂，是寻常衣衫下的气质，是不红不紫的青涩，是无声无息的响亮。

你们追星，追光环，他们却在远离星光之处寻觅潜质，寻觅常人不见之才。

举镜头的也好，捏笔杆的也好，真该学学星探呢。假如老是盯着几个名人翻来覆去地炒冷饭，有什么意思？森林，不光有几棵古树名木，不名不古的嘉木多着呢。钻进密密的大森林，你才会发现许多无名嘉木的生机勃勃，发现许多无名嘉木的壮美，发现许多无名嘉木的秀丽。你会为古树名木所不具备的纯美而长叹一声。

图书在版编目(CIP)数据

航标灯：戴逸如《新民晚报》《今晚报》图文专栏精粹 / 戴逸如著. — 上海：上海交通大学出版社，2016

ISBN 978-7-313-15249-7

Ⅰ. ①航… Ⅱ. ①戴… Ⅲ. ①中国文学-当代文学-作品综合集 Ⅳ. ①I217.2

中国版本图书馆CIP数据核字（2016）第140394号

航标灯
戴逸如《新民晚报》《今晚报》图文专栏精粹

著　　者：戴逸如
出版发行：上海交通大学出版社　　地　　址：上海市番禺路951号
邮政编码：200030　　电　　话：64071208
出 版 人：韩建民
印　　制：上海画中画包装印刷有限公司　　经　　销：全国新华书店
开　　本：889mm×1194mm 1/20　　印　　张：10
字　　数：99千字
版　　次：2016年7月第1版　　印　　次：2016年7月第1次印刷
书　　号：ISBN 978-7-313-15249-7
定　　价：88.00元